蝴蝶
Seba

蝴蝶
Seba

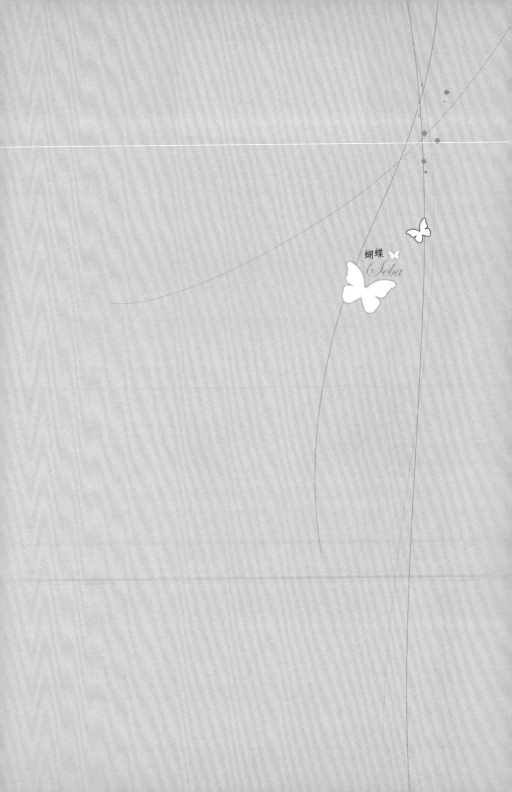

蝴蝶

Seba

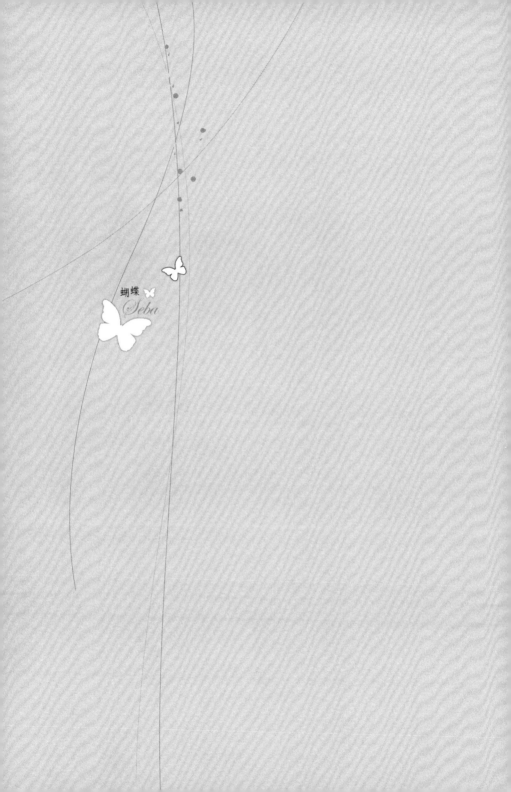

蝴蝶

Seba

蝴蝶館 18

歿世錄II之十三夜

蝴蝶 ◎ 著

elegantbooks

楔子　被文字鎖鏈的墮天使

聖正在打磨眼鏡。

自從劫後歸來，他的金髮摻入了不少白銀，臉上也增添了幾條皺紋。但他是聖，是充滿光的男人，特機二課的隱領袖。即使特機二課戰死大半，他還是重新召募了新的組員，即使這些裔或特裔比之前陣亡的同袍更會惹麻煩。

他還是沉默地撐起幾乎毀滅的特機二課，依舊在第一線戮力於消滅所有的危險。

但他最喜歡的時光，還是這樣靜靜的打磨鏡片，為他倖存的夥伴和親愛的小朋友。

他們一定要搞到這麼華麗嗎？聖無奈的搖頭苦笑。林靖如她所願，考上了紅十字會列姑射島分部附屬大學的社工系，以優異的成績畢業，卻沒如她所願的成為社工，反而被外調的柏人拎去了東南亞。

結果這兩個傢伙就開始「華麗」的清理東南亞疫區，還跟勢力日興的無蟲教對幹起來了……

東南亞諸政府的抱怨和他們的悔過書都會送份副本給他，他也不是沒有去信「關切」過。但這兩個麻煩精只會回信說鏡片又弄破了，請他寄個一打過去。

「特機二課不是眼鏡行，我也不是驗光師傅。」他沒好氣的回e-mail，卻還是乖乖寄上他們所需的數量。

能怎麼辦呢？柏人和林靖，是他僅存於世的親人之一，儘管沒有血緣。但活了這麼長久的時間，他早就知道，血緣並不是構成親人或家人的唯一條件。

在幫他們打磨鏡片時，是他少數能夠享受靜謐的時刻。他生活得太匆忙，需要管看的地方太多。

「聖！」所以駟貝興奮的衝進來時，他連頭都不想抬。

「交給阿默。」他端詳著鏡片的弧度，並且用聖光烘彎一點，「我說過，我要休息兩天。我已經三個月沒有休假了……」

「但你一定要看看這個！這真的……」騆貝急著說，卻被聖打斷。

「交給阿默。他一定能把你的問題消滅得乾乾淨淨。」自從阿默結了婚又生了個小男孩以後，簡直成了保護世界和平的超人，只要危急列姑射島一丁點的敵人，都成了肉屑。

雖然平時會覺得他小題大作啦，但在休假的時候，他真的非常感激阿默消滅問題的迅速確實。

騆貝還要爭，一郎卻攔住他，慢條斯理的坐在聖面前。「海盜問題真的太嚴重了。」

聖瞟了他一眼，「沒錯。因為航運困難和各國海軍預算的不足，海盜問題的確非常猖獗。」

災變之後，損失了一成的土地和人口，文明因此停滯不前。各國在紅十字會的協助下只能盡力救災，國防預算也因此一再刪減。諸國都同意，在劫後餘生的此時此刻，盡力生存才是最重大的目標，不是戰爭。

此外，即使地維已經在重大犧牲後保住了，但新地維如此脆弱，產生了不少力場混亂的漩渦或風暴，使得航海的危險性大大增加，甚至在陸地被抑制的病毒零還隱在廣闊的海洋上虎視眈眈，除了風暴和漩渦，突如其來的新瘟疫也可能奪走全船的生命。

即使防疫和航海技術日益高超，還是讓航運成了高風險卻高利潤的事業。往往過了一重海洋，就可以獲得數十甚至數百倍的暴利，畢竟再怎麼艱困的末世，還是永遠有需要國際貿易的企業和國家機器，而殘存的空運滿足不了這麼許多的需求。

然而，海防的脆弱和暴利的航運卻引來另一群不法之徒的垂涎。原本在二十世紀就已絕跡的海盜，再度興起，專以掠奪商船為能事，並且轉運給走私商。這嚴重打擊了企業的研發和成本，間接造成文明的停滯，各國政府不得不把精力放在海盜身上。

這些敢在兇險海域稱王稱霸的海盜，自然有他們的一套，往往有利害的畜或特裔為之效勞，這也是為什麼紅十字會往往會介入追緝海盜的行列。

「昨天位於澎湖的走私港被掃蕩了。」一郎閒閒的說。

聖聳肩，「頂多就抓到一些婦孺和病患。」海盜和走私犯都很聰明，不會在陸地停留太久，除非是重病或下葬。再怎麼掃蕩也只是抓到幾個妓女和病人……或者是幾具準備下葬的屍體。

一郎點點頭，「是沒錯。喂，聖，記得我們承辦過一件幽靈船的案件嗎？」

他微皺眉，望著一郎。他當然記得。那是艘被瘟疫吞噬殆盡的油輪，全船完全沒有活口。讓人大惑不解的不是全船都成了殭屍，而是這些殭屍都死透了。

這還不是最奇怪的，更詭異的是，這艘油輪載運的原油，一滴也不剩。

這些海盜是用了什麼方法殺死全船的殭屍，然後又盜走原油卻安然無恙的撤退？

這不是第一件，但也不是最後一件。這系列的幽靈船盜案，讓橫行亞洲的「翼民團」海盜聲名大噪，有些國家政府還因此私自與他們簽訂和約，就只求出入平安。

翼民團即使名聲這麼浩大，勢如中天，卻非常的低調行事，外人對他們幾乎不了解。只知道他們的海盜船在船首裝飾了巨大的女子像，雙耳有翼，據說他們崇拜墮天使。

在沒有信仰的末世，這是很奇怪的事情。

一郎仔細看著聖的表情，滿意的笑了笑。「哦，這本來是尋常的軍事行動。阻嚇的的作用大於掃蕩……但卻意外的得到更龐大的收穫。這大概就是無心插柳柳成蔭吧？」

「……你們抓到什麼？」聖停下了手底的動作。

一郎卻沒有正面回答，「翼民團開出非常優渥的條件，要買回我們的『收穫』。當然，我方拒絕了。現在翼民團正在加碼，並且宣稱不惜一戰。」

聖猛然抬頭，「……你們抓到墮天使了？」

上鉤了。一郎對驅貝擠擠眼。然後正色，「聖，這需要你親自鑑定。你願意來看看嗎？哦，我忘了，你還在休假，當作我沒說好了……只是該讓你知道一聲。」

聖狠狠地瞪他一眼，「……去他的休假。人在哪？」

第一章 懷璧

聖倒沒有想到，一郎說抓到墮天使，卻是抓到乘載著墮天使的船，還將整艘船弄回列姑射島的總部。

他匆匆的和搜查一課的課長周陶點了點頭，周陶之前在特機二課待過一陣子。

「作什麼搞得這麼華麗？」

周陶咧嘴一笑，「我們的美人兒非常嬌貴，嬌貴到不能隨便請出來。」他四下張望，興奮的將他的老長官拉到一旁，「趁大頭還沒趕回來……嘖嘖，這可是本世紀最有趣的事兒！」

……周陶是霧妖的特裔，擅長操雲弄霧，不知道是血緣還是天賦，也格外的喜歡混亂和渾沌。他是個能幹的幹員，也是個勇往直前的課長，但比這些都出名的，是他惹禍的本事。

他嘴裡的「有趣」程度，往往和災禍的大小成正比。

「……我聽說你在公海上逮捕了這艘船。」聖沒好氣的跟他走。

「因為他們試圖攻擊紅十字會的巡邏艇。」周陶摸了摸鼻子。

「他們沒事為什麼要在公海上攻擊你們？你沒有搜捕令就登船搜索？」聖的頭整個痛了起來。

「搜索可是在他們攻擊之後喔！」周陶搖著手指，「一切都是合法的。」

就他對這個舊部屬的了解，絕對沒有這麼簡單。「……你操雲霧讓他們以為你們強制登船了對不？」

周陶含糊了一會兒，「沒那回事兒。大海裡容易出現幻覺，他們自個兒出現幻覺，關我什麼事情？他們無端攻擊我們是事實！我們只是加以反擊，然後登船察看而已。」

最好是這樣啦！聖撫著額頭，匆匆看了報告，有些發暈。這個天不怕地不怕的傢伙，惹到一隻國際的大走私商，光他的律師群一人吐一口口水，就可以淹死周陶。

「……到底是怎麼回事？」他決定把那群食人律師的問題擺一邊。

「簡單說就是，某國出了一個驚人的價格，想要購買海盜的女神。」他指了指監視器，「這個可怕的價格動搖了某個海盜的忠誠，偷偷將女神連人帶船的賣給中間人。他們正在公海交易的時候，剛好我們巡邏艇經過……」

「等等，」聖翻著資料，「這不是巡邏艇的航線吧？……你是不是要把巡邏船當私家船，開去釣魚了?!」

周陶將臉轉到一邊，「……小細節就不要研究了。」

聖正要開罵，監視器的畫面卻吸引了他的注意力。

他看到了「墮天使」。

原本以為墮天使就像翼民團海盜船上的巨大女子像，但他沒想到會看到一隻複雜的特裔。

她耳上巨大的「翼」，事實上是類似飛魚的鰭。有著翠綠的長髮，半披在臉上。還沒有抬頭時，聖以為看到人魚。因為她蜿蜒著布滿鱗片，像是海蛇般的下半身。

但她抬頭的瞬間，卻讓他凜然。

那是一張可怕的臉。即使是聖這樣看過無數特裔化身的人，也不得不發冷。她有著暴突如深海魚的眼珠、咧到耳邊的血盆大口，森然的長了好幾排利刃般的鯊魚牙齒，讓她的嘴幾乎闔不起來。鼻子只是平坦臉孔的兩個洞。

「我們的美人兒很特別，對吧？」周陶拍了拍監視器，「她現在的模樣好多了，幾個鐘頭前更猙獰。」

她安靜的蜷伏在半乾的透明水槽裡，裡頭的「水」非常緩慢的排出來。

「什麼意思？」聖問。

周陶聳聳肩，「她的寢宮有些兒麻煩。」他敲了敲螢幕上的「水」，「這是培養皿。裡面擁有濃度非常高的病毒零。你知道這玩意兒非常麻煩，要用很複雜的方式才能夠銷毀……我們也不知道是什麼原因，但這東西排出來以後，美人兒就慢慢好看起來。」

一隻生活在高濃度病毒零的特裔?!聖搶過資料和照片，火速的看了一遍。

「……她沒有變成殭尸。」

「也不是吸血鬼。」周陶興致盎然的看著螢幕，「果然是值得花大錢的寶貝兒啊……」

聖看了她剛被捕獲，猙獰不成人形的照片，又抬頭看了看螢幕。隨著病毒零漸漸排出，她的確越來越接近人類。

「……這是返祖現象。」他心情有些沉重。「以前我遇過這類的患者。因為抵抗病毒零的侵蝕，身體自然返回最強悍的姿態，所以會妖化……」

但那些特裔即使如此掙扎還是變成殭尸或者死亡。但這位「墮天使」，卻返祖到足以抵禦高濃度的病毒零，存活得好好的。

翼民團海盜可以平安無事的掠奪幽靈船，她必定是個重大關鍵。

但她還是個活生生的人，一個特裔，和他相同，有著異族血緣的人類。她落到任何一個勢力方都會成為實驗動物、一個物品。

他湧起一種極度不舒服的感覺，或許可以稱之為兔死狐悲。

「給政府的報告寫了沒？」他問周陶。

周陶露出極度嫌惡的表情，「就不能讓我逃避現實一下？我是偵查課長欸！他們從來不想讓我好好破案，只想用那堆文件將我壓死，媽的，我又不是……」

「我幫你寫。」聖打斷他，「資料給我，我幫你寫。」

他嘴巴張得大大的，欣喜若狂的撲上來抱住聖，「老長官！我就知道你是愛我的～萬歲～」

他抱得這麼緊，聖甚至必須用光術將他燙個半焦才能讓他放手。「……資料通通給我，別逼我的劍出鞘！」

*　　　*　　　*

這份報告寫得盡善盡美，讓周陶覺得再多被電幾下也值得。但有一點，他很不解。

「……老長官，你這份報告非常避重就輕。」他研究似的看著聖。

聖聳聳肩，「你也可以別交上去。」

周陶搔搔頭，他知道聖冷靜沉著，更是寫公文的第一把高手。同樣的事實透過不同的筆觸，往往可以導向完全相反的結果。

這份充滿不確定的報告書，應該會讓墮天使送入紅十字會繼續觀察，卻因為太多危險因素而不至於貿然解剖。

「……老長官，你想救她？」周陶問。

聖轉開頭，「哪有可能？我只是覺得她身上太多不解的謎，國家機器不介入比較好，交給紅十字會理想多了。」

周陶懷疑的看他一眼，但還是把報告交了上去。

最後開了幾次會，政府雖然極度不甘願，但又顧慮各國的蠢蠢欲動，還是勉強同意紅十字會留置墮天使，卻要求必須分享研究結果。

這個發展讓聖暗暗鬆了口氣。最少這個特裔不會落到國家機器的手底，成為實驗動物之一。雖然在紅十字會她也未必舒適，最少能保持最低限度的尊嚴，最少，他還看得到。

他申請參與墮天使研究計畫，這在他繁忙的工作上來講可說是雪上加霜。但他沒有怨言。在跟病毒零的搏鬥中，他失去了太多病人，這個病毒零肆虐下的倖存者，說不定是終止這種不幸宿命的樞紐。

當病毒零完全排出和消滅後，依舊留置在船上觀察的墮天使完全恢復了人類的模樣。她的年紀曖昧地介於二十幾和四十幾中間，並不是美人。但她就算陷入茫然和困惑的空白中，濃黑眉毛下的大眼睛依舊炯炯有神。

她抬頭，望著透明甲板上將圓未圓的月。頭一回，他看到墮天使露出其他神情……愴然而淚流。

真巧，農曆九月十三。正是日本古習俗的賞月夜。

聖注視著監視器，湊近麥克風，「十三夜。」

原本完全沒有反應的墮天使猛然回望。表情充滿驚愕與深刻的懷念。

她懂華文。雖然照骨架和膚色，早就推斷她是亞洲人，並且應該是東亞人種，但沒有進一步的檢驗，她又沒有絲毫反應。

但她明顯聽得懂華文。

「妳知道十三夜是什麼意思嗎？」聖專注的問。

她抬頭望望月亮，又望向監視器裡的聖，露出大夢初醒的模樣。「……賞月最好的夜晚。」

聲音嘶啞，發音古怪。她應該很久沒開口了。

她和聖的互動吸引了小組裡的所有研究員，他舉手要求安靜，深深吸了一口氣。

「妳叫什麼名字呢？」

她安靜了很久很久，又仰頭看著月亮。「……十三夜？不，不是，但我想不起來。」她痛苦的將臉埋在掌心。

聖不顧研究員的騷動，用平靜的聲音安撫她，「那就是十三夜好了。十三夜，妳安全了，放心吧。」

她怯怯的抬頭，眼底濺著蕩漾的月色。

這個時候，聖覺得她這個臨時的名字，真的是太貼切了。

等確定所有的病毒零都徹底消滅，紅十字會的研究小組慎重的穿上全套防護衣，將暫名為「十三夜」的墮天使帶離開那艘船。

因為她有名字、她會說話，所以她獲得比較人道的待遇，畢竟研究小組裡頭特裔占了大部分。

這也是聖希望的結果。就算是能力非常卓越的特裔，她依舊是個人類。種種檢驗報告指出，她不是一出生就被監禁在這艘船上，應該是成年後才被這些海盜浸在病毒零的培養皿中。她很幸運的，妖化形態屬於水族，所以沒有肌肉萎縮等監禁症候群，但長期沒有與人接觸，又被許多藥物控制，記憶幾乎都不復存在。

但災變毀滅了資料庫，即使有她的指紋，也很難說能不能確定她的原始身分。

駉貝不了解聖的要求，「……為什麼要追查她的身分？她現在是紅十字會的財產。」

「她不是任何人的財產。」聖很快的說，「她是個活生生的特裔，跟你或我沒什麼兩樣。她矯正過牙齒，割過盲腸，身上有文明的痕跡。她是有身分證的公民，一定有。總之你趕緊把她的身分證明找出來。」

「我在特裔或裔的資料庫裡都找不到她！」駉貝抗議了，「聖，你知道我還有多少工作……這不是我們二課的範圍！」

「卻是人道的範圍。」聖揉了揉眉間，「你可以不做。晚點我找空檔自己來。」

翺貝無奈的看著他，氣餒的舉手投降，「好好好，我會當作特急件，ＯＫ？我能不能拜託你去睡一下？你的黑眼圈快蓋到下巴了。」

聖搖搖頭，抹了抹臉。南部疫區平靜了幾年，現在又蠢蠢欲動，他一面要指揮特機二課，另一方面又要參與墮天使的種種檢測和實驗，他的精神和體力已經到了極限。

但他也很焦急。越研究墮天使，這些研究員就越狂熱。他非找到十三夜的公民身分不可，這將是她唯一的護身符……如果不想被切得七零八落的話。

一郎將資料接過去，「我來吧！」他深知勸也沒有用，不如順聖的心意。

「謝了，我欠你們一份情。」他深呼吸了一下，「謝謝。」

終究還是找到了十三夜的身分。她是災變後出生的，很幸運的，在牙醫和割除盲腸時留下了指紋，並且建檔。

聖緊急用了這份資料申請了保護，不可避免的和研究小組起了衝突。最後開了個會，確認十三夜的公民身分後，她免去了「入侵性調查」的危機，但依舊必須協助研究。

可能的話，聖不想跟人起衝突。但關係到人道問題，他會據理力爭。當然，研究小組對他非常不諒解，最終「客氣」的請他退出研究小組。

但他已經可以坦然放手了。這群研究員雖然瘋狂，卻不會跨越界線。

打開十三夜的檔案，他看見了三十歲的她。那時她還是個普通的女子，在一家廣告公司當企劃。這是她失蹤前兩個月拍的，穿了一身黑的她，皮膚異常白皙，濃眉下的大眼睛銳利。

她出生在災變後，父母在她高中時因為疫病去世，她半工半讀，念完了大學。但她還有親戚，失蹤時有朋友為她奔走和哭泣。

災變後普通的經歷和普通的悲劇。但她卻不普通的落到海盜的手底，成了「墮天使」。

這長長的十年，她是怎麼過的？

但這些也不關他的事情了，他已經做了所有他能做的事情。

闔上檔案，他決定將她遺忘，也的確這麼做了。

原本應該可以就此將她忘掉。

他每天都經手太多悲慘，若每件都記在心裡，他早晚被這些悲慘擊倒。或許十三夜終生都得待在紅十字會裡「協助」研究員，再也沒有自由的希望，但已經是她最好的待遇了。

他已經盡力了，多思無益。

但冥冥之中，卻另有安排，這倒是他始料非及的。

就在某個微寒的秋天夜晚，他抬頭，看到將圓未圓的月，十三夜。想到她為了抵抗病毒零的猙獰妖化，和恢復人形時的濃眉大眼。

輕輕的，他低聲禱告，希望十三夜終究會有返回人群的一天。

等他禱告完畢，睜開眼睛，卻看到一個火樣的幽影在他眼前閃動。穿著細肩帶和牛仔短褲，眼神清澈、滿是不在乎的美麗少女，漂浮在空中，忽隱忽現。

鬼靈？幻影？他悄悄的按住劍柄。

那女郎開口，卻聽不到她的話語。她扶了扶額，勾了勾手指，轉身而去。聖僵了好一會兒，遲疑的跟上去，心中滿是不可思議的感覺。

紅十字會的禁制宛如銅牆鐵壁，任何鬼靈和幻影都無法進入，更不要提行動自如。

她是誰？深夜裡，總部的人並不多，但從他們驚駭的表情，可見都看得到這個神祕的少女。

別的人做些什麼、跟不跟上來，他不清楚，也不關心。他只是緊緊盯著神祕少女，隨著她的領路，穿過大半個總部。

最後，她在十三夜的房門前站住，回頭看了看聖，伸了伸舌頭。就在聖和其他人面前，化成一隻蒼青色而隱約蕩漾的美麗生物，縱跳著穿過了十三夜的門，隱沒不見。

驚慌的研究員打開十三夜的房門，她睡得非常安詳，而那個少女、蒼青色的美麗生物，已經消失無蹤。

* * *

這個神祕事件引起很大的騷動，甚至驚動了當世唯一的禁咒師宋明峰。

那位從災變後的廢墟重建紅十字會，終生為鞏固地維奔走的偉大人物，卻緊緊的抓著聖，簌簌發抖。

「你看見她？你是第一個看見她的嗎？」禁咒師少年般的臉孔滾著沸騰的激動，「她說什麼？她是什麼形態？她給你什麼訊息?!」

聖呆了一下，「……我聽不到她說的任何一個字。甚至她不是我知道的任何生命形態。」

「你記得她的模樣嗎？」明峰的聲音軟弱下來。

聖遞給他一張畫像。那是他事後就著記憶畫下來的少女畫像。

明峰抓著畫，眼睛張得大大的，摀著顫抖的嘴，潸然淚下。「……麒麟。」

聖驚愕的看他，又轉頭看那張畫像。

這世間，只會有一個禁咒師。在現任的禁咒師宋明峰還是學徒時，阻止世界毀滅的第一功臣，乃是當時明峰的師傅，在末世指揮希望之章的禁咒師甄麒麟。

但是，她為什麼會用這種形態，出現在這裡呢？

這是個誰也想不透的謎團。

這個案子最後分到特機二課，特機二課本來就是專管疑難雜症的，而聖又是第一個目擊者。

他做了一些調查，並且將結果呈報上去。但禁咒師卻來找他。

聖雖然訝異，卻不怎麼意外。這位被傳說得跟聖人幾乎沒兩樣的禁咒師，一生只為一件事情執著，早就成了諸多電視電影小說雜誌的好題材了。

「……對我的調查不滿意？」聖問，並將明峰請進他的小辦公室。

「不、不是。」少年似的禁咒師有些侷促，「我只是……你知道的，文字有其侷限性，或許有些細節可以……談談？」

不放過任何細節，是嗎？

「我在報告裡提過，這是次無害的入侵。」聖遞上一杯咖啡，「前任禁咒師的幻影出現在我面前，然後在十三夜……呃，王小姐的門內消失。沒有語言、訊息，也不曾和王小姐接觸……最少我們沒找到接觸的痕跡。」

「王小姐就是王琬琮，對嗎？我看過研究紀錄，最初由你取名為『十三夜』。」

聖微微皺眉，「這跟十三夜沒有關係……我是說，跟王小姐沒有關係。現在不是災變前那種表裡世界壁壘分明的時代了，如果說災變後文明有任何進展，恐怕只有非物質學才……」

「我知道。」明峰溫和的打斷他，「你這是方面的行家，應該說你是很多方面的行家，拿了數不清的學位。即使是脫離紅十字會那段時間，你還是拿到犯罪心理學和非物質學的雙學位，對吧？」

聖的眉皺得更深，他狐疑的看著明峰，「……對。但你調查我是為了讓我推翻我的報告？」

「不，」明峰喝了口咖啡，「我只是需要你這樣的行家幫助我。」

他的手在顫抖。聖冷靜的觀察明峰。災變過去四十年了，這是第一樁前任禁咒師麒麟出現的可靠線索。他的心動了絲悲憫。

幾乎絕望的追尋一個可能早就魂飛魄散的人，長達三、四十年，那是什麼滋味？

聖打開電腦，喚出檔案。「這是總部的監視器資料。經過分析，我們認為這是『念』。你應該知道什麼是『念』……人類或眾生在非常強烈的執著下，有可能會讓某種影像和情緒滯留，甚至還有殘存的思考或反應能力……那很像是會思考的『影片』……」

他停下來，思索如何表達，「通常死後才會出現『念』。」

「……我知道。」明峰的聲音很輕，「但『念』的出現一定有動機。她若死了，最該出現的地方是我面前。」

「你為什麼找我談呢？」聖輕輕的問，「你要的一切我都已經呈交上去。會有專人為你分析報告，他們才是這方面的行家。」

明峰沒有回答。

聖幫他回答，「因為你不想他們擔心。他們是一路跟你跟過來的老部屬，你不想聽他們說那些空泛的安慰和希望，也不願意他們承受你相同的悲傷。」

「……或許。」明峰輕輕笑了起來，「你是想告訴我，麒麟不在我面前顯現『念』，也是基於相同的原因？不，不可能。你不了解麒麟那傢伙……她任性到令人想扁的地步，她若死了，會大大方方到我面前，跟我說……

『徒兒，我掛了。別太想我啊，我這麼聰明伶俐，美麗大方，人人都會愛上我，真是傷腦筋。』

這就是麒麟。」

聖看了看旁邊，「有些證據不能證實，我不能夠寫進報告。」

明峰抬頭看他。

「『念』的形態通常是單獨出現的。偶爾會有複數以上……那通常是心願和執著相同，才會導致這種結果，但也不是很罕見。不過，『念』只要能顯現，就跟生前死後的能力一點關係也沒有，出現的影像清晰度通常是相同的。」

「然後？」明峰疑惑的看著聖。

聖不開口，將監視器的影像定格放大，加強對比，在原本空無一物的虛空中，隱隱約約出現了一張臉龐。

「模糊到幾乎不能辨識，」聖聳肩，「幾乎像是陰影或污痕的構成。」

明峰睜大眼睛，「……那不是陰影。她是蕙娘，麒麟的式神。」

「……這不是好消息。」聖靜靜的說，「像她如此強大的禁咒師都只能這樣顯像，在三界都尋不到她的蹤跡……我不敢想像她的境遇。」

「只要她還在就可以了。」明峰明顯鬆了口氣，「我會把她拖出來的。」

「你愛上她嗎？」聖問。

明峰沒有直接回答，他反問，「你愛上十三夜嗎？」

「什麼？」聖笑出來，「我？十三夜？拜託，我甚至沒有跟她交談過……」

「為什麼你處處迴護她呢？」明峰輕笑，「你千方百計讓她處於公民的保護下，為了她多次和研究小組衝突，甚至因此被趕出研究小組……」

「等等等等，」聖舉手，「我知道在總部幹研究的都很悶，所以大家都愛捕風捉影，製造一點八卦出來。但你是禁咒師欸，是你在災變後重建紅十字會的！我以為你夠聰明可以分辨流言和真實。她剛被帶來的時候，連律師都沒有，唯一站在她那邊的，只有我們薄弱的良心。別人可以把良心遮起來，但我不能……她也是特裔！跟我一樣，一個倒楣的人類！」

「就像你會為了良知捍衛十三夜一樣，我也並非為了愛情才尋找麒麟。」明峰專注的看著他，「麒麟是我的師傅，她還沒讓我畢業……我不能讓她一走了之。」

兩個男人一起沉默下來。想著各自的心事。

明峰先打破沉寂，「十三夜有什麼天賦會跟這個事件有關嗎？」

「這個你該問研究小組。」聖有些煩躁的扒了扒頭髮，「除了沒把她割個七零八碎，他們該做的、不該做的幾乎都嘗試過了。她是個天生的瘟疫中和器、一點點預知夢、不錯的休眠能力——據說她靠休眠和做夢躲避綁架時難以忍受的痛苦。海盜倚賴她抵抗瘟疫時產生的血清，得以洗劫滿是殭尸的幽靈船……沒了。她的天賦就這樣。」

「如果只是要血清，不該將她留置在紅十字會。只要知道她抵抗瘟疫病毒的流程……」

「就可以靠實驗室模擬出來。」聖接下去說，「你知道我知道，海盜和紅十字會也都知道。海盜持續綁架她是因為不想讓寶貴的血清外流。除了搶劫幽靈船，她的血清甚至可以謀奪任何國家。紅十字會的理由呢？坦白說我也很想知道。或許……籌募經費？」

明峰笑了起來，「紅十字會不是營利單位。」

「是哦，我今天才知道。」

「聖，你一直都這麼尖銳嗎？」明峰澄澈的眼睛注視著聖。

他啞口片刻，「……我睡不好。」

「因為她不是被海盜直接綁架，而是被人口販子當作一種玩具販賣的關係？就像……杜安？」

聖變色了。他看過太多例子，這種人類犯下的最污穢骯髒的罪惡。歧視畜、歧視特畜，歧視所有的眾生。

「相信我，這些都是順序問題。」明峰的聲音很平靜，「我們不可能阻止所有罪惡，但在能力範圍內……」他笑了笑，「謝謝你。」

他走了。沒多久，十三夜被移居出總部，到中繼單位，準備重返人世。

聖終於可以睡得好了。

第二章　月夜

明峰做了一件事情，讓聖徹底的改觀，也終於知道，為什麼這個幾乎不怎麼管事的禁咒師會獲得普世的尊敬。

他將血清的樣本和所有研究報告，發布到全世界，一點保留也沒有。

這個泛用型的血清，被取名為「13」，並且成為防疫史上的一個里程碑。原本昂貴到無法負荷的疫苗，因為有了「13」的緣故，價格大為低廉，而且效果更為有效顯著。但紅十字會花了大筆的預算，卻沒賺到一毛錢，讓高層大大的發過一場脾氣。

「……你就這麼拱手讓出？」聖不可思議的問來辭行的明峰。

「紅十字會不是營利單位。」明峰聳聳肩，「滿地都是和氏璧的時候，就不會有『懷璧其罪』這件事了。」

「……我開始有點崇拜你了。」聖笑起來。

「拜託不要好嗎？」明峰拍拍他，「有任何消息……我是說，麒麟再來訪，試著給我訊息，好嗎？」

「我一定會的。」聖承諾，「你已經付了非常昂貴的『訂金』了。」

明峰低頭，深深吸口氣。「……你不想知道十三夜去了哪嗎？」

「沒有消息就是好消息。」聖搖搖頭，「我相信你會好好安頓她的。」

但聖沒有想到，明峰居然會把她安排得這麼近。

* * *

聖居住在城中，介於城南和城北的交界。經過十餘年的努力，城南在殘暴的清理和疫苗的管理之下，終於宣布脫離疫區的陰影。聖的家剛好就跟城南隔條小河相對。

這條河非常的小，是災變時地震留下的遺跡。但人類文明靜滯、人口減少，倒也有某種意外的收穫。污染降低到大地能忍受的程度，所以這條小河兩岸長滿柳樹，裡頭甚至有魚蝦。

附近的居民很愛護這條河，甚至編造了美麗的神話，說這條河是魔性天女高歌時落下的淚痕。或許末世後宗教衰頹，但信仰卻沒有泯滅過。比起罪魁禍首的神明，為世界獻出自己生命的天女精魂顯得更溫柔慈愛。

居民表現親愛的方式是，栽一株柳苗或花苗，定期發動社區服務來除草，或者安置行道椅，避免草地被破壞。

他會一直住在這個交界處，或許就是因為社區居民那種感恩與溫暖的情愫，讓他覺得人類並沒有到無可救藥的地步。

看過那麼多的醜惡，他很需要這種認知，並且時時複習。

他的工作很忙，沒辦法配合社區活動。但他會付租賃工具的帳單，並且請園藝社來修剪花木。社區居民對他抱持著敬愛的態度，這個領有醫生執照的紅十字會工作人員多次在救護車來臨之前，搶救了居民的性命。

「醫生，醫生！」在初秋的夜晚，一群孩子來敲他的大門，「醫生，中秋節有烤肉會喔！」

他笑著抱起最小的孩子，「我可能不能去了。我工作很忙……」

那孩子皺起小小的臉孔，「還有七天才是中秋節。」他稚氣的伸出七根手指，「我生日你也沒有來。」

其他小孩七嘴八舌的纏上去，抱著他的腿，「來嘛，醫生，爸爸也說你工作得太辛苦了……」、「媽媽要幫你介紹女朋友喔！」、「有很多好吃的東西欸！」、「醫生，我烤肉給你吃！我九歲了！媽媽說我可以烤肉……」

「……我盡量，好不好？」他求救似的看著帶他們來的里長。

「來玩啦，醫生。」里長笑呵呵，「一年才一次中秋夜。」

「……好吧。喂喂，別一直爬上來，我不是樹啊！好啦好啦，我會去。」

掛了一身的小孩，他無奈又寵溺的笑了起來。

* * *

天色還沒暗下來，食物的香氣已經四處飄散了。

聖捧了盒蛋糕下樓，他忙了一整天，根本沒有空去採買食材，蛋糕還是小薏送來的。不然他得兩手空空參加烤肉會了。

河畔有個社區小公園，但平常看起來還不小的烤肉區，實在擠不下整個社區的人，於是烤肉架蔓延到人行道，沿著小河，顯得非常壯觀。烤肉香、交談、笑語，孩子奔跑的聲音，非常的人間、平凡而安穩的幸福。

其實別課的同事也約他去參加賞月詩會，但他謝絕了。

「烤肉？」那位在企劃課的小姐笑了起來，不以為然的，「製造一大堆垃圾好污染這樣皎潔的月夜？」

「哦，事實上，我們是打算『八月十五殺韃子』，只是拿烤肉當掩護。」他眨了眨眼，「幫我保守祕密。」

他轉身離去，很明白這位小姐不會跟他有任何交集。

聖的天賦完全不會顯露任何特裔的身分，所以也沒有人知道他是神敵的後代。也因為優異的表現，長官多次都想將他調離特機二課。

但他不想離開。

就算不會顯露，他依舊是特裔。跟其他顯得比較正規安全的單位，他們才是真正的最前線。

所以，這個小社區的烤肉會，才會讓他感到隱隱的自豪。他們雙手血腥，努力清理許多年，才能呼喚來這樣平凡單純的和平。讓這些無辜的人可以安全安心的生活，排除疫病的威脅……

甚至可以快樂的舉辦烤肉會。製造再多的垃圾他都願意親手去清理，只要他們還可以這樣快快樂樂的笑著。

這個時候，他才會覺得自己不辜負自己的信仰，不辜負聖光的照耀。

人間笑語，蕩漾月光。他拿著啤酒，望向一群笑得特別開心的年輕人。然後，他笑容凝固，張大眼睛，望著那張神采飛揚的臉孔。

濃眉大眼，豐滿雙唇。她不知道在說些什麼，總惹起陣陣尖叫或哄堂大笑。

里長注意到他的神情，「小琬？不是說很漂亮啦，但很耐看。她一定在說鬼故事……老讓人又怕又笑。醫生，要幫你介紹嗎？」他擠擠眼。

「她叫王琬琮？住在這個社區？」聖不由自主的問。

「欸？誰跟你說的？她的名字難寫又難記……我們都叫她小琬。很活潑的女孩子，醫生，她就住在你對門欸，你不知道嗎？」

「……我沒碰到過。」他笑了笑，拿著啤酒，朝反方向的河岸走去。

禁咒師在想什麼？他有些納悶。將十三夜安排在他家對門？也或許不是他安排的，但這樣的巧合讓他不太愉快。

散了一會兒的步，他釋懷了。這不過是剛好，通常需要重返社會的人會交給中繼單位，然後分配居住地，禁咒師應該不會閒到這種地步，還去插手這個。

而且，十三夜的血清已經散布出去了，她沒有任何遭遇危險的價值。她會平凡的過完這一生，和其他居民相同。

遙望小公園的火光，他轉身要走回去，卻看到不遠處，有人憑欄而立。

不是每個站在河邊的人都想自殺……但他還是就著燈光注意了一下。

「……十三夜？」他脫口而出。

她驚愕的轉頭看聖，臉孔刷的雪白，全身緊繃，像是要逃跑一樣。

聖舉起雙手，「抱歉，我無意驚嚇妳。或許我只是認錯人……」

她按著胸口，聲音微弱，「……你是紅十字會的？你要抓我回去？」

「我是紅十字會的，但沒打算抓妳回去。事實上沒有人會抓妳回去，妳安心吧……妳安全了。」

十三夜驚惶的神情漸漸轉為迷惑，「我聽過你的聲音，對嗎？」

「妳在紅十字會應該聽過很多人的聲音。」聖笑了笑。

「……你知道，是誰為我取名為十三夜的嗎？」她上前一步，懇求似的看著他。

她的眼神中，有了過多的情感。那是溺水者對浮木的情感。

「這種事情，沒什麼好追究的。」聖溫和的說，「妳不再是十三夜了，妳現在是王小姐。」

他轉身離去。

她跟我，應該沒有關係，對吧？

聖默默的對自己說，但他忍不住會去關心十三夜的新生活。所以，他知道十三夜成了社區托兒所的保姆，從他的陽台就可以看到托兒所的遊戲場。

他渾然不覺的養成了新習慣，要上班前都會站在陽台看一會兒，看著十三夜帶著小朋友在遊戲場玩，臉上微帶著憂思的笑容。

十三夜不知道為什麼察覺了他的凝視，會抬頭望他，然後有些羞澀的、真正的笑。

不該這樣的。聖垂下眼簾，他不該對十三夜有過多的關懷。但他疲倦的回家時，總會下意識的望望托兒所，他能回家都已經是八點以後的事情，但通常十三夜也留到那時候，甚至更晚。

「……妳天天值班？」他還是忍不住問了。

剛將最後一個小朋友送走的十三夜有點狼狽，她隔著樹籬，臉孔微微發紅，

「……反正我沒其他的事情。」

「家長不能早點來帶小孩嗎？」聖有點不高興了。

「當父母的還是有需要加班的時候……偶爾也需要放假。」她侷促的笑笑，

「沒關係的。」

聖看了她一會兒，十三夜的神色不太好，看起來有些蒼白。「晚餐吃了嗎？」

「剛我弄了三明治給小朋友吃了。」她像是辯駁似的回答。

「妳呢？」

撫了撫手臂，她將視線轉開。「……我沒有胃口。」她嚥了嚥口水，「我的味覺有點受損。」

那些研究員是在她身上投了多少試劑，讓她味覺受損？

「就算吃起來像塑膠袋也得吃。」他走進大門，「我等妳關門窗，我們去吃飯。」

她呆立了一會兒，默默的關門窗和熄燈鎖門，安靜的跟聖去吃飯。

在餐廳坐定，聖靜靜的問。「妳為什麼沒回到家人的身邊呢？」

「我父母都過世了。」她緊張的試著撫平桌巾，「我沒什麼親戚。」

「妳有很多朋友。在妳失蹤的時候為妳奔走。」

她輕笑，神情放鬆了一點，「他們都很好。我跟他們連絡過了……他們非常高興……」她的笑容靜滯下來，「但十年過去了。他們幾乎都成家有了小孩，他們這十年過得非常充實，而我……」她聳肩，「我做了場長達十年的惡夢。醒來之後……我的專業已經跟不上這個世界。」

咬著唇，「說不定不只專業。呃……他們都願意照顧我，但我不能……不能成為別人的負擔。我是說，既然我還活著，又沒什麼疾病，我該自己設法填補這段日子的空白……」

「妳想談談嗎？」聖問。

「我不想談。」她很快的回答，「我還比較希望你告訴我，是誰將我取名為十三夜。」

「這很重要嗎？」聖喝了口水，「妳已經不是十三夜了。」

「對我很重要。」她的聲音微顫，「是他將我喚回人世的。但我、我的記憶片片段段，我連他的聲音都不太記得，甚至連他長什麼樣子都……」

「他是個可惡的研究員，讓妳吃了很多苦頭。」

「苦頭？」十三夜的聲音揚高，「你真的知道什麼是『苦頭』嗎？你知不知道被泡在毒水裡的感覺……」她猛然將頭一低，顫抖了好一會兒才勉強壓抑，「紅十字會的待遇真的很好了。我並沒有什麼想法，我只是想跟那個人說謝謝。」

聖沒說話，只是喚來侍者點餐。等沙拉來了，十三夜只是悲愴著坐著，動也沒動一下。

「我會轉告的。但我希望妳明白……」聖彎了彎嘴角，「他是個陌生人，妳這樣很像是雛鳥情結。早晚妳會填滿妳失去的光陰，遇到一個愛妳的人。妳回頭想這段……會覺得很可笑。」

她笑了起來，「你誤會我的意思了……我不是在找丈夫或者是男朋友。看，我不是美人……我甚至不夠健康。而且……我四十了。天哪，我在『惡夢』之前才剛滿三十，甚至跟男友論及婚嫁……做了場『惡夢』我就成了老太婆！我……」

「老太婆？」聖挑了挑眉，「我年過半百了呢。小妹妹，別讓歐吉桑覺得自己很老。」

十三夜張大了眼睛。

「妳知道裔和特裔的差別除了血緣深淺和能力外，還有什麼不同嗎？」聖定定的看她，「特裔比較像貓。我們的青春和壽命都特別長，要到臨死前才會老化。就像我看不出妳的年紀，妳也看不出我的。」

她想笑，卻反而哭出來，「我不想青春永駐……我只想當個正常人，我想正常的老死。」

不會被當成怪物。是的，我明白。

「我也不想。相信我，我也不想。」

或許聖也不敢承認的是，他對這位對門的鄰居投注了過多關懷，但他覺得一切都在控制範圍內。

這沒什麼，我們都是特裔，對嗎？她歷經了那些苦難，令人生憫，既然都在自己左右，能幫忙的時候，為什麼不幫她一下？又不用花什麼力氣。

但他的不安漸漸濃重起來，當他發現自己上班時會特別彎去托兒所和十三夜打招呼，一接近晚上八點就坐立難安，匆匆趕回家，他開始感覺事態嚴重了。

然而，當他不管幾點回家都看到托兒所燈火通明，就算沒有遲歸的學生，十三夜依舊孤獨的坐在燈下看書……

「……還不回家？」他打破沉寂，看到他最不想看到的事情可能發生了。

那個濃眉大眼的女子，猛然抬起頭，平凡的臉孔整個燦亮起來……這個時候，她比任何生物都美。

「呃，想看完這本再回去。」她紅著雙頰站了起來，「下班了？」

她在等我。聖的心緊繃起來，接近痛苦的甜美。但不行，不可以。永遠不可以開始，沒有開始就沒有結束。

「早點睡吧！」他轉身，「晚安。」

「我睡了足足十年，早點睡？」十三夜的語氣有些自嘲，「你吃了嗎？」

聖好一會兒沒有答話，「……還沒。」

「去吃飯好嗎？」十三夜不敢看他，臉頰的酡紅更深。

「……好。」

她關燈鎖門，羞怯的跟在他身後出來。路燈下，她的紅暈應該褪了，但穿著短袖的手臂卻有著密密麻麻的小點。

嫣紅著，像是打翻了胭脂。

「這是什麼？」聖拉起她的手臂端詳著。

十三夜窘迫起來，「……過敏而已。我給紅十字會的監護人看過了，她說我體質敏感，開了藥給我吃……」

聖沒有放開她的手臂，「妳唯一的過敏源應該是病毒零。」

「跟病毒零有關的一切都會讓我過敏。」十三夜輕奪了一下，聖驚覺了才放手。她穿上小外套，遮住手臂。「死亡後的組織、輕微污染的粉塵、甚至是疫苗。你知道的……災變後人間幾乎都被病毒零侵襲過。」

「被無蟲侵襲過。」聖溫和的糾正她，「我明白。在紅十字會妳居住在無菌室……」

「重返人世總是要付出一點代價。」十三夜掠了掠頭髮，「醫生說，我早晚會產生適當的抗體，很快就沒事了。」

「對，一切都會沒事的。」聖溫柔的笑笑。卻不知道是說給她聽，還是說給自己聽。

聖花更多的時間祈禱，希望能夠緩和這種心神不寧的狀態，但收效極微。

他試圖錯開上班的時間，但他發現自己會一大清早站在空無一人的托兒所前發呆，眷戀的回望十三夜的陽台，雖然她應該還在沉睡。

他試著加班到極晚，但半夜兩點經過托兒所，居然還有盞小燈亮著。

「……妳不用等我。」

「我沒在等你啊。」十三夜笑著，眼下有著熬夜的疲倦，「剛在準備教材。」

他們相處的時間越來越長，甚至被十三夜的監護人撞見，很快的傳遍整個紅十字會。

特機二課的人對這位長官又敬又畏，頂多私下談談八卦，但阿默不但是聖的副手，還是一起出生入死的兄弟。他自從娶妻生子之後，巴不得天下有情人都成眷屬，所以他也很大剌剌的闖進聖的辦公室。

「喂，是不是兄弟？交女朋友都不講的啊？幾時結婚？早點給我們預備紅包的時間嘛！」

正埋首報告的聖瞥了他一眼，「雪山那樁疑似疫病感染你去處理了沒有？我還沒看到你的回報。」

「疫個鳥啦！」阿默不耐煩的把檔案往他面前一摔，「食物中毒也讓老子這樣奔波？有沒有搞錯啊?!喂，你別想轉移話題。你真的把了墮天使唷？」

「我沒把任何人。我娶了工作當老婆。」他仔細的比對阿默給他的檔案和電腦資料。

阿默皺緊眉，「你在怕什麼啊，聖？你這樣很不健康欸，不結婚就算了，連女朋友都不交？你知道過度壓抑會導致心理變態？你該不會還是處男吧？」

聖嘆了口氣，抬頭看他的老朋友。「我不是處男。如果你很在意這個……我不是。我沒練什麼童子功或發終生誓，或者復古到出家了。這樣的答案你滿意嗎？如果雪山的案子結了，嘉南那兒似乎有力場不穩的現象，你若沒事幹就去那看看吧。」

阿默揉了揉鼻子。這個聖真是……自己把八卦講完了，他還有什麼好問的？

「你幹嘛不派我去幫林靖他們？聽說他們那兒很棘手……」

「自然有東南亞分部的會協助。」聖又低下頭，「柏人不是去度假的，他主要任務是技術轉移和指導。」

「為什麼我只能在本島做些雞毛蒜皮的小事，真正的大案子卻不讓我去？」阿默大聲起來。

「你不想想小薏？想想你家小寶？」聖的聲音不大，卻非常堅定。「阿默，你是個丈夫同時是個父親。」

「我當然知道我是什麼身分。」阿默瞪著他，「我若死了，撫卹條例會照顧小薏和小寶。」

「他們要的不是錢！再多錢也換不回他們的丈夫和父親！」聖低吼起來。

阿默磅的一聲拍在桌子上，桌上的所有東西都為之一跳。「我若怕死就會乾脆辭職。就是因為這個人間有我心愛的人們，所以我才這麼拚命！將來有個萬一，我老婆和兒子都會因為我覺得驕傲，因為我已經竭盡所能！

聖，你是個膽小鬼。我終於知道你為什麼不交女朋友不結婚，甚至幾乎沒朋友。那都是因為……」

「對，你說得對。」聖打斷他的話，將嘉南的檔案遞出來，「我是膽小鬼，你說得完全沒錯。」

阿默睥睨的看著他，沉默良久，惡狠狠的在聖肩窩打了一拳，然後粗魯的搶走那個檔案。

「我跟柏人都不會死的，笨蛋。」他轉身開門，朝後揮了揮手，「我們是禍害，記得嗎？」

帶上門之前，阿默看了看聖，「沒有人可以永遠忍受孤獨。」

「……我不是普通人。」

阿默把門摔上，忿忿的離開了。

聖呆望著螢幕好一會兒，發現他無法集中精神。他走下樓梯，跪在祈禱室，一遍遍的祈求，祈求空白而孤獨的平靜。

第三章 無之蝕

雖然聖盡量避免，但他和十三夜畢竟就住在對門，實在不可能完全見不到面。在電梯巧遇時，他實在有點尷尬。

十三夜的眼睛驚喜的燦亮，隨即扭頭不看他，滿面羞澀。「……最近很忙？」

「嗯。」他胡亂應了一聲，「很忙。」

「難怪都沒看到你。」她緊張的撥了撥肩膀上的頭髮。

聖微笑了一下，卻在鏡中看到十三夜脖子上的一抹紅印。「妳的脖子……那是過敏嗎？」

十三夜趕緊摀住脖子，但聖已經看清楚了。他堅持了一下，拿開十三夜的手。事實上，那是兩個紅印，一個是大拇指，另一個橫向的紅印，應該是食指的痕跡。

她被人掐過脖子。

「嘿，表情不要這麼可怕。」十三夜深呼吸一下，露出笑容，但聲音有些不穩的顫抖，「都市總是會有的小意外，衝突……搶劫……酒鬼。我只是被個酒鬼糾纏，拔了我幾根頭髮而已，沒事的。」

雖然是秋季，這個四季分明的島嶼依舊炎熱。但十三夜的小外套扣得整整齊齊，即使她在冒汗。

聖將電梯按停，將她拉到樓梯間，「脫掉妳的外套。」

十三夜抓著前襟，將臉轉到旁邊。

「拜託妳。」聖湧起不祥的預感。

遲疑了一下，她將小外套脫掉，聖輕微的倒抽了一口冷氣。

她手臂的紅點已經布滿皮膚，甚至角質化到長出微小的倒刺，這些嚴重的紅點從前臂往下蔓延，漸漸侵襲過了手腕。

「這、這個不會傳染，只是嚴重一點的過敏。」十三夜期期艾艾的說，「……拜託你……別抓我回紅十字會……」她的聲音漸低，帶著哭聲。

聖搖頭，這太嚴重了。但十三夜唯一的過敏源應該是無蟲……病毒零只是無蟲中的某個特異變種。

在一個被清理得如此乾淨的城市，殘留的組織卻可以讓她過敏成這樣……這人世對她來說太骯髒。

「……妳跟妳的監護人談過嗎？」聖輕問。十三夜適用於痊癒者保護條例。災變後的疫病猖獗，也讓人類對疫病恐懼到幾乎失去理性。許多在疫病中劫後餘生的痊癒者往往必須隱姓埋名到別的城市過新的生活。在這種情形下，紅十字會有專屬的社工人員擔任他們的監護人。

「有，我跟她談過了。她說我的抗體太敏感，只是外觀不太好看而已，沒什麼。我也跟她提過被酒鬼糾纏的事情，她也讓警察去追查了。一切都很好。」

聖頓了一下，疑惑的看著她。「既然監護人都說沒問題，為什麼妳認為我會把妳抓回紅十字會？」

十三夜怯怯的回望他，「……監護人要我別告訴你。因為你是專門殲滅患者的特機二課。」

……原來我們這批清道夫居然惡名遠播，連自己人都不相信。聖無奈的笑了笑。

想了一會兒，「妳相信我嗎？」

十三夜輕拭眼角的淚，彎了嘴角，「不相信就不會跟你走出電梯了。」

「那讓我取樣。給我幾根頭髮……一點表皮細胞。」聖取出信封，「我設法徹底解決妳的過敏。」

她順從的讓聖取樣，聖看著她，隱隱有些心痛。她無依無靠，能夠信賴的是曾經拿她當實驗品的紅十字會。

監護人……或他。

送她下樓，聖的心情很沉重、哀傷。等十三夜跟他道別，聖忍不住叫住她，拉過她的手，在她掌心寫下一行e-mail。

「我很忙，沒錯。但我一定會看e-mail。天涯海角妳都可以寫信給我……交誼廳就有電腦。」

「我有一部破破的小筆電。」十三夜的臉紅起來，卻不是過敏的緣故。

「有事就寫信給我……當然妳也可以打電話。」他繼續寫下一行手機號碼，

「遇到任何事情都可以找我。」

十三夜看了看掌心，又看了看他。聲音很小的說，「謝謝。」

「……願聖光永遠眷顧妳。」聖輕輕的祈禱，按了按她的肩膀。

他或許做錯了什麼，或許。但……他一定得做些什麼。

手機響了，他看了看號碼，是課裡打來的。他幾乎是感激的接起這通電話，「喂？」

「聖，快來！」一郎的吼叫聲幾乎穿透了耳膜，「夏夜和研究部快火拚起來了！但柏人寄來的玩意兒是署名給你的！」然後是一串非常流利的粗口。

什麼？「……柏人寄什麼給我？」

「他那天不怕地不怕的王八蛋！」一郎喘了口氣，「他寄了一隻活生生的無蟲！」

聖的眼睛張大了，額頭冒出冷汗。「他瘋了？他怎麼弄到手的……不、不對，注意安全措施！發布頂級安全警報，我馬上到！」

衝進總部，亂得跟馬蜂窩一樣，那個惹禍的包裹在檢疫部，穿著全套防護衣的夏夜代表和研究部代表用最大的聲量對吼。

他沒空管他們層次非常低的爭執，小心翼翼的看著原本是用來裝載移植器官或保育生物的蛋形容器。

裡頭灌的是墨汁般的液體，一隻透明的節肢動物因為漆黑的液體而顯形，形態有些像超大型的虱子，約拳頭大小。

一隻無蟲。

聖看過許多報告和照片，但從來沒有人會瘋到將無蟲作成標本，更不要提活體研究。這應該是三界中最強大的生物，幾乎毀滅了世界。原本無形無影，只是種概念的無，在末世不但進化成擬物質，甚至成了擬生物。病毒零就是無寄生在病毒後演化的科技產物。

無蟲不但變異多，進化的速度之快，遠遠超過任何一切。和無蟲相比，所有的生物包含人類眾生，都成了必須淘汰、演化老舊緩慢的物種。

這隻活生生的無蟲若脫逃出紅十字會……甚至只是比病毒還小的活組織逃逸出

去，不出一個禮拜，北都城就會全毀。

「一郎，把吵鬧的人通通轟出去。」聖確認了無蟲的特徵，頭也不抬的吩咐。

「你無權趕我們出去！」研究部的研究員扯下面罩，對他揮拳，「我們對這個寶貴的實驗體有權利！」

「這包裹是指名給我的。」聖冷靜的看他，「我才是對這包裹有權利的人。想留下？可以，請閉上你們的嘴。我可不敢確定運送過程沒有任何外漏……最少你們減低一點唾液感染的危險，你知道吵鬧時唾液可以噴多遠？你真的知道？很好，謝謝。」

他的鎮定冷靜了原本火爆的場面，聖嘆口氣，「駰貝，幫我跟柏人連線。」

靠著衛星的幫助，連線成功了。但出現在螢幕那頭的卻是臉孔蒼白的林靖。

「柏人呢？」聖感覺不對，「他不會為了這條該死的蟲掛了吧?!」

「他在醫院。」林靖簡潔的說，「我們都很好。聖叔叔，好久不見了。」她慘白的笑了一下，「聖光與你同在。」她拿起小小的匕首，吻了一下刀柄。

聖迷惑的看著林靖。他還是掌心湧起看不見的白光，回應她，「願聖光照亮妳的前路。」

她露出如釋重負的神情，幾乎哭出來。「……聖叔叔，那隻蟲只有你可以碰。其他人通通不可以……你一定要知道嚴重性！只有你，唯有你！不管是一郎叔叔還是騶貝叔叔，或者特機二課的任何人……這世間的所有人！因為很危險真的……」

影像斷了。騶貝和一郎面面相覷，嘗試再度連線，卻完全沒有反應。忙了好一會兒，一郎神情古怪的抬頭，「……衛星不見了。」

「不見了？什麼意思？你知道有多少衛星在天空嗎？」聖驚愕了，「是我們這邊出問題，還是林靖那邊出問題？」

「所有的衛星……」一郎沒辦法解釋，一秒鐘前還可以接收到衛星的光點，一秒鐘後，像是全體「熄燈」。「我會查清楚的，給我一點時間。」

這太奇怪了。聖低頭尋思。他所信仰的聖光，其實只是災變前某個命運造成的玩笑，他曾經堅定無比的信仰，也曾經憎恨而唾棄。

但他重拾聖光之後，只有林靖跟從過他，也只有林靖知道某些儀式。親吻隨身匕首的劍柄的含意是……

可貴的真言。

有什麼地方不對了。他排除眾議，將這隻無蟲放置到他的實驗室，並且謝絕探訪。

「你應付不來！」研究員對他叫囂，「你不過是個怪物！」

他沒有生氣，「你口中的怪物曾經是研究部的最高研究員。」然後將門關上。

東南亞分部的通訊癱瘓了。他無法和林靖、柏人取得任何聯繫。這對混帳……不知道用什麼方法活抓了這隻無蟲，打包裝箱後，也沒告訴任何人內容物，信差一無所覺的搭著飛機送貨過來，若不是檢疫部的警鈴響到快爆炸，沒人知道裡頭是什麼。

「你們到底在搞什麼？」聖困惑的問。

但他確信，一定有些什麼訊息，在這個極度危險的包裹中。他閉門不出，小心翼翼的進行研究。

他將所有的案子都丟給阿默，和外界的接觸只用網路。當初成立特機二課，就考量過各種最壞的狀況，原本他們就屬於終結一切危險的神風特攻隊。

聖的專屬實驗室就有最完善的設備和防護，他的實驗室甚至屯著一年左右的糧食。

望著這個危險的禮物，他耐著性子，並沒有試圖打開，而是觀察，並且思考。沒有任何書面資料，沒有留言，什麼都沒有。林靖等於什麼都沒說，甚至還要對他打暗號。

……她想確定我的身分？他們去東南亞，就是協助清理疫區，並且調查日漸壯大的無蟲教。但還不知道他們查出什麼，卻送了一隻活生生的無蟲來。

末日之後，所有的神明都失去了教徒，人類普遍沒有信仰。但人類需要倚靠，開始有些新興宗教出現，出現了許許多多奇怪的新神……

甚至連毀滅世界的無蟲都有人信仰，勢力還日益擴大。幾年前的嘉南戰爭，讓他失去大部分的組員，到現在還查不出源頭。雖然沒有直接證據，但許多人相信是無蟲教搞的鬼。

注視著在黑暗液體中泅泳的無蟲，聖湧起一種深重的不安。無蟲進化到可以擬態成節肢動物。心智呢？他們是否進化到可以吸引信徒，或者只是有人利用無蟲號召信徒？

林靖和柏人到底查到什麼，卻沒辦法對紅十字會報告？

聖緊緊的皺眉，卻沒有答案。就在這個時候，原本悠然泅泳的無蟲，突然扭曲而分裂，像是細胞分裂般膨脹起來。

他霍然站起，準備在無蟲破裂容器之前爆破整個實驗室……卻看到令他瞠目結舌的場面。

黝黑的液體洶湧澎湃，突然硬質化倒插進透明無蟲之中。並且將分裂出來較小的無蟲穿刺包裹而吞噬，像是放大無數倍的噬菌體與細菌的戰爭。

分裂過的無蟲急劇收攏蜷縮，靜止不動，洶湧的液體漸漸平復，也跟著靜止不動。

「……這太奇怪了。」他喃喃著，「是什麼可以……這液體，是什麼？」

病毒零可以有疫苗，可以被消滅，因為那是科學的惡毒產物，基本上依舊是病毒，可以用病毒的方式消滅。但……無蟲？

這種演進極為快速的擬生物，託賴習性喜歡黑暗，和陰暗的地底，畢竟他們的原始使命是吞噬地維。新地維由太多物種組成，非生非死的狀態克制住無蟲的繁衍和活力，這才沒產生太多災害。

但紅十字會還是投下許多人力物力巡邏地維，禁咒師更是終生為此奔走，就是怕無蟲會失控。

但人類總是擅長遺忘。許多國家忘記末日的教訓，又祕密的研究這種威力十足的擬生物。距離災變才四十年，人類又開始了這種自毀的行為。

難怪人類是諸物種中最擅長自殺的種族。

注視著警報器，他小心翼翼的取出一點點液體做分析，無蟲霍然暴動，想順著他取出液體的管道衝出，讓他嚇出一身冷汗，但那神祕黝黑的液體又再次質化而嚇阻，他用顯微鏡觀察，許多細碎的活組織都被液體吞噬消化掉。

……這到底是什麼？

分析過程漫長，他除了觀察和等待，也只能一封封的回應快爆炸的詢問信。他關掉了即時通訊，若不是怕沒回信讓那些衝動的傢伙啟動實驗室自爆系統，他還真的不想回。

但在眾多內容千篇一律的信件中，他卻看到十三夜的信。

他將自己關在實驗室四天了。十三夜寫得工整平淡的信中，還是充滿了擔憂。

「我很好。只是工作不能外出。」他回信，「別為我擔憂。」

十三夜的信很快就回了，「你是我唯一會擔憂的人，我也只想為你擔憂。」

兩句話，卻讓他整夜不能成眠。他知道怎麼回，卻不願意這麼回信。終究，他還是強迫自己寫了。

「這世界有許多人，妳會遇到很多人，甚至只屬於妳，妳該為他擔憂的那一個。」看著螢幕，他靜下來，許久無法打字。煩躁的扒了扒頭髮，他緩慢的敲下這一句，「除了我以外，任何人都有可能。」

敲著桌子許久，他還是發出這封信。

幾分鐘後，就收到回信了。「除了你以外？」

咬緊牙關，他回，「除了我以外。」

隔了兩個鐘頭，他收到十三夜最後的訊息。「我明白了。」

就這麼幾個字，卻像是在他心底穿了個大洞。他想回信，告訴十三夜他所有的心情，或者打開實驗室，衝出去找她。

但他什麼也沒做，只是在桌前抱著頭，忍住翻絞的心痛。

液體的分析報告出來了，他張大眼睛。轉頭看著容器內的無蟲，在重複的攻擊和防禦中，無蟲被消滅殆盡了。

但深刻的恐懼抓住了他。這份報告……到底可以交給誰？他隱約知道林靖和柏人的意思，但他希望這一切都不是真的。

不用倚賴天賦，可以消滅無蟲的兵器。

他將容器摧毀，若無其事的走出實驗室。

一郎和駟貝看到他都瞪大了眼睛。「老天，你居然可以活著走出來！」

聖聳聳肩，「累死了，我要回家洗澡刮鬍子。若有人來問報告，就說我把報告e-mail出去了。」

「……我沒看到啊。」駟貝翻著檔案。

「網路好像有點慢。」聖揮揮手，「你們先查一下網路吧！」他走了出去。

沒觸動任何警報，他平安的離開紅十字會，因為他實在太了解紅十字會的警衛配置和諸多防護。

這是第二次了。他自嘲的笑笑。第二次的非法脫逃。

他從容的穿越許多有形無形的警戒和崗哨，回到自己的家。途中他經過托兒所，發現十三夜已經不在裡面。

微微皺眉，他敲了對門。沒有反應。

這個時候的他，並不是特機二課的組長聖，而是返回當初在黑街打滾看盡污穢的神敵後代。火速的用意念侵入十三夜的家中，確定她人不在裡面。

但另一個女性急速的靠近中，影子卻意外的薄弱。

「老天，聖？你跟痊癒者交往我不反對，但你們在搞什麼？」那位麗人氣勢奪人的走過來，雙手叉腰，「你老實說，是不是你拐我的痊癒者私逃的？拜託，你這是知法犯法欸！快把她交出來！」

「……王小姐逃了？」聖微轉過頭。

「對。她逃了。」她很不耐煩，「搞什麼？我跟她說過很多回了，那不過是過敏，她天天緊張兮兮的，不知道在緊張什麼。結果居然不告而別！根據痊癒者保護條例，她這樣是犯法的！她事前已經跟紅十字會簽訂不得隨意移居的條約，現在這樣是違約行為……趁我還沒回報上去，快告訴我她的去處！」

「妳叫什麼名字呢？」聖迷人的一笑。

「林玉琴。」她抱著雙臂，「聖，你發瘋了？十年前我們還同事過。」

「監護人名為社工，事實上是紅十字會埋在社區的最前線。」聖的笑更深了一點，「如果你是我認識的玉琴，怎麼會不採取行動？」

他直視著林玉琴的雙眼，「因為記憶雖然可以奪取，但種進靈魂裡的符陣卻不能，對嗎？所以妳無法追查墮天使的行蹤，只能問我……所以妳不知道，事實上我被通緝了，對嗎？」

緊急的，聖將頭一偏，鋒利如刀的爪子正好插穿了他背後的鐵門。林玉琴神情扭曲，卻有種猙獰的絕艷。

「她在哪？」咬牙切齒的，林玉琴擠出這三個字。

「如果妳先告訴我名字的話。」聖粲然的微笑。

她也跟著笑，豔色更深。「我忘了。這就是活太久的壞處。」

「即使是無名者，聖光也會寬恕妳……」聖的神情充滿悲憫，「但不會寬恕妳的罪行。」

無名女子還來不及反應，聖已經抽出腰裡的劍，將她腰斬了。

斬成兩段的屍體卻沒有出血。聖搖頭，「真糟糕，久不出手，一出手就是這種棘手角色。」

躺在地上的屍體卻笑了一下，迅速分解成一灘濃稠的液體，迸裂如水銀瀉地，瞬間消失了。

聖沒有去追，他轉身下了樓梯間，並且開始追蹤十三夜的下落。

頂替林玉琴的無名者，使用的是一種分身法術。這是修仙者或大妖才會的祕法，分身擁有本命相同的智能，且能獨立思考，只是能力相對薄弱。但分身相融合的時候，能力就會增強。他可以瞬間腰斬一個分身，卻在傷及本命之前，根本殺死不了對方。

但分身已經有徒手穿透鐵門的蠻力，誰知道她分了幾重身，有多少分身在附近？

更糟糕的是，她的分身可能在搜捕十三夜。

所有的痊癒者，都會在體內植入冰符，好讓監護人掌握他們的行蹤，而每個監護人在宣誓的時候，同時也種下一個咒陣在靈魂中，死後才消散。

冒牌貨可以殺死林玉琴，搶走她的記憶，頂替她的工作，卻沒有咒陣可以追蹤。

聖也沒有。但他對紅十字會實在太了解了，要造出相同的咒陣一點都不困難……因為這個咒陣就是他發明的。

十三夜離他不太遠，他知道。

但疾馳時，他苦笑了一下。

拒絕十三夜，是因為不希望她遭逢任何悲劇。但他若不趕緊找到十三夜……悲劇就要發生了。

只能說，命運擅長此等險惡的玩笑。

他望向隔岸位於城南的廢棄大樓。

這曾經是疫病災區，特機二課前年「清理」了這棟大樓，但政府撥不出經費來爆破。就這樣擱著，像是一棟龐大的鬼屋。

基於對疫病的極度恐懼，沒人會進入這個沒有水電的大樓，甚至街民也不會靠近。即使特機二課已經清理乾淨了。

但十三夜沒有這種恐懼。她並不怕病毒零，所以若要藏匿，那的確是個很好的場所。

聖將劍歸鞘，藏在長大衣之下，疾馳而去。時間已經不早了，但他卻聽到許多呼吸和心跳聲，而且越來越接近他的目標。

反常的，在廢棄大樓的頹圮大門處，站了許多人。有些人看起來非常面善。

他停下來，緩步走過去。像是剛剛他沒跑過兩公里的路，一滴汗也沒流，氣定神閒。

「很棒的月夜。」他悠閒的望了望半缺的月，「但里長，這裡不像是賞月的好地方。」

「的確不是。」里長笑嘻嘻的，「聖先生，這麼晚了，你又來作什麼呢？」

「我來……阻止你們的愚行。」白光一閃，他將里長的前襟畫出一個口子，被切成兩半的項鍊掉在地上，墜子的無蟲圖騰也像是被開腸破肚。

他不喜歡用這種透視能力，總覺得侵犯別人隱私。但他若早點放棄這種無謂堅持，就不會讓這個社區成為無蟲教的巢穴。

是他的錯。

「這是警告，下次我不會留情。」聖靜靜的說，「快離開這裡。」

全場一片寂靜。他們都是無蟲教的教徒，相信若是能獻上忠誠，就可以永保不被疫病侵蝕的安全。現在教主要求他們獻上忠誠……但他們還沒準備獻上自己性命。

「反、反正……」一個女人尖叫起來，「反正變成殭尸也是死！我們都感染了不是嗎？被那個該死的怪物！紅十字會會把我們殺個乾乾淨淨！蟲神會淨化我們，會救我們的！」

在精神緊繃到極限的群眾中，這段話像是導火線，讓他們將不安化為愚蠢的勇氣和暴力。這群人狂喊著衝上來，揮舞著各式各樣的武器。

聖反而將劍歸鞘，跳了起來。他借力使力的在幾個人頭上點過，縱躍著翻過激情的人群，像是一抹黑暗的影子入侵了廢棄大樓。

火把通明、人馬雜沓。他卻利用這種混亂，在陰影中潛行，最後在四樓找到十三夜。

其實他幾乎認不出那是十三夜。她雖然還保持人形，但原本以為的「過敏」，卻已經發展出柔軟卻銳利的尖刺，縮在樓中樓的樓梯上。原本的閣樓已經坍毀，她蜷縮成一團，側靠在牆上，靠著妖化後如長鞭般的尖刺保護自己，卻也無法脫困。

瘋狂的人群叫囂著，對她吐口水，罵著非常難聽的話，而且包圍圈越來越小。距離他遭遇無名者已經一個多小時了。他瞥了一眼手錶。沒想到人類還比無名者早找到十三夜。

他從陰影中現身，大踏步的往前，並且同時揮劍斬殺了離十三夜最近的四個人。當他們的首級飛起來時，濃重的血腥和屍體沉重掉落的聲音冷靜了暴力的激情。

他看到十三夜的驚愕恐懼，但他神情卻一直那麼平靜。

踏上階梯，他望著底下茫然失措的群眾。「或許，信仰無蟲可以讓你們免於成為殭尸。但你們是想要將來成為殭尸呢？還是現在成為屍體？現在離開，你們未必會變成殭尸，但若上前，一定會成為屍體……我保證。」

他冷冷的掃視全場，在場的人覺得死神正在注視自己。

「我數到十，你們慢慢離開這個房間。別用跑的，誰跑我就處決誰。別忘了，我是特機二課的。殺人不眨眼的特機二課。」

人群慢慢退後，因為尖叫著狂跑的人被聖的匕首擲殺了。

不到幾分鐘，原本擠得滿滿的人潮退得乾乾淨淨，只有五具屍體，聖和十三夜。

「……你也要殺我嗎？」十三夜的臉孔慘白。

聖搖搖頭，「可以的話，我不想殺任何人。但妳知道嗎？暴動中真的死於暴力的數量遠遠不及被踩死的人。」

所以他才會明快的斬殺，用最小的死傷來震懾盲目又激情的群眾。他垂首，為死者祈禱，卻絕對不後悔。

生還者永遠比罹難者重要。

他想探查十三夜有沒有受到傷害，卻被長鞭似的尖刺刺中。

這種模樣……他很熟悉。他坐在實驗室裡已經非常熟悉這種攻擊模式了。但他沒有動，他知道很快的十三夜就會平靜下來。

畢竟聖和無蟲的接觸非常稀薄，殘存在他表皮的幾乎都是死亡後的組織。

過了一會兒，十三夜的尖刺慢慢的縮短、還原成胭脂般的紅點。

「……我不是有心傷害你的。」她軟弱的說。

「我知道。」聖很平靜，「妳的防護系統只是攻擊無而已。」

第四章　文字

十三夜的目光有著憂傷和痛苦，一點點憤怒，一點點的自卑。

想問的問題太多，想說的話，也太多。

但時間地點都不對，聖只想趕緊將她帶去安全的地方，雖然他也不知道有什麼地方是安全的。

總之，絕對不是這裡。

「走吧。」他呼出一口氣，「有什麼話……」然後停住了。

恐怕走不了了。如潮水般的呼吸聲，這樣規律，宛如一人。他劃破手腕，將血揮灑在牆上，形成一個奇異的圖案。

「靠著牆站著。若是牆壁破裂……」他頓了一下，「逃出去。」

十三夜張大眼睛，「……這裡是四樓。」

「妳可以的。」聖垂下眼簾，「可惜我不是超人，沒辦法立刻打穿這麼厚的牆。」

「……從窗戶不行嗎？」她問。

「都有鐵窗。」他回答，輕輕笑了一下。不知道鐵窗這種東西是拿來自救還是自殺的。

按了按手腕，他的指端出現耀眼嚴厲的光，傷口立刻癒合了。按著劍，他屏息以待。

雖然早有心理準備，但十三夜慘叫出來時，他還是揪緊了一下。

當無名者踏入房間的那刻起，十三夜就開始劇烈的妖化了。無數相同的女子走入，無聲無息的匯集在一起，十三夜的妖化就更嚴重、更猖獗。

脆弱的肉體承受不了這種妖化過程，妖化的部位撕裂出血，隨著她越來越激烈的妖化，也越來越不成人形。

「別、別看我。」她沙啞的聲音嗚咽，「別看我。」將臉埋在掌心。

「不要害怕。」聖擋在她面前，「我會保護妳的。」

整個房間滿滿的都是相同容貌、相同身高的女子，那個無名者。這不是用血腥可以鎮壓的對象。

「保護她？」無名者嘲笑，「我的產業何須你保護？聖職者？」

聖迷人的一笑，「願聖光寬恕妳。願烈陽照亮妳的前路，吸血族。」

眾多分身一起笑了起來，雖然動聽卻震耳欲聾。「我要說，你很聰明……但不夠聰明！」

分身們撲了過來，卻讓他拔劍斬殺，這次他下手更殘酷，數十個屍塊飛了出去，卻落地又化成水銀般飛散後聚攏。其他無傷的分身又湧上來，完全不在乎。

這場徒勞又殘暴的殺戮開始了，短短幾分鐘，張揚的血腥味幾乎讓人窒息。她們不在乎死亡，但聖卻是血肉之軀。他的劍再快再厲害，也不能完全擋住攻擊，他所站立的地方很快成了血泊，周身布滿來不及癒合的細小傷口，汩汩的流著血。

但他一步也沒有退。殺戮只是為了掩護他的真正用意。破壞這堵牆壁需要時間念咒，他知道這些分身是絕對殺不死的，但可以讓無名者察覺不到牆壁上的手腳。

他沒有時間跟十三夜說明，只能不斷揮動手底的劍，和無聲的念著破壞咒。他很想跟十三夜說，不要擔心，雖然狀況看起來有點可怕。但流這點血沒關係的。他是神敵的後代，現在他用的不過是人類的力量而已。

但十三夜看到的，只是聖浴血奮戰，幾乎要讓相同容貌的人海淹沒過去。這讓她的瞳孔緊縮，全身的血液幾乎逆流，妖化得更嚴重，長出烏黑利爪的右手掌甚至出現深刻的血痕。

一個如鏡中反寫文字的「OPEN」。

我不能讓任何人殺他。

她左手的利爪幾乎都插進聖的手臂，發出極高頻率的尖叫聲。滴著血的右掌按在開始龜裂的牆壁上，那個染血的四個英文字母因此侵蝕入牆中，旋著血氣和異光宛如漩渦，抓著聖，她縱躍入漩渦中，成為蛇尾的下半身蜿蜒而入。

無名者怒吼，想跟著進入漩渦，但龜裂的牆終於破壞殆盡，漩渦也因此消失。

「該死，該死！」眾多分身回歸於一，憤怒得不可遏止，「該死的雜種！怎麼可能？怎麼可能?!我明明廢掉這賤貨使用文字的天賦！」

她徒然的怒罵，卻誰也沒能回答她。

他們在濃稠的黑暗中泅泳，像是無數的影像濃縮成水滴，匯集成溪、成河、成海。

被無數影像入侵又滲透而去，狂暴的激流幾乎要將他們拖入深淵之中。保持視力和清醒幾乎是不可能的任務。

唯一清楚的，是十三夜不成人形、猙獰恐怖的臉孔，幾乎無法闔起來的嘴布滿鯊魚似的牙齒，閃著清冷的光。

還有她海蛇般的魚尾，蜿蜒優游過這個無名無形的黑暗海洋。

「……別睡，聖。」她的聲音粗啞，「睡著的人等於小死亡，我拖不動屍體。」

她的聲音讓他睜開眼睛，拔出腰間的劍。抱著十三夜粗礪的腰，他低聲祈禱，劍尖出現嚴厲的白光，劃開黑暗。原本吃力的十三夜感到壓力大為減輕，款擺布滿雪鱗的蛇尾，翩然游過無盡之洋。

一切都是黑暗而渾沌的，只有無數微弱的星辰，一動也不動。

「……我不知道哪個門才對。」十三夜遲疑，「哪個才是我們世界的門？都混在一起……」

「門？」

「我無法解釋。」十三夜掩住臉，「我還能操控文字的時候是知道的！現在我看不出來，我看不到！我看不到寫在虛空中的任何一個字！」

門？字？但聖抱緊她，「沒關係的，別害怕……」他張目四望，卻沒看到任何生物，但看到一抹紅光疾馳而來。

那抹紅光轉青，像是極高溫的火焰，在他們眼前化為蒼青色、隱約蕩漾的美麗生物。

「……麒麟？」聖輕呼。

但十三夜手臂上的尖刺霍然延展，長鞭似的疾刺了麒麟。只是透影而去，長鞭般的尖刺卻緊張的凝在幻影之上，遲疑的不知道該進攻還是防守。

麒麟卻笑了一下，有些邪氣的，然後說了幾句話。

聖一點都聽不懂，但十三夜卻出現困惑的神情，「噬菌體？什麼？妳說什麼？

大聲點，我聽不清楚！」

蒼青色的麒麟仰天笑了起來，飄盪在她背上的古裝麗人也笑了。那位充滿古典美的麗人，揚了揚扇子，黑暗之洋因此波動，筆直的指向一顆星辰。

「……抓緊。」十三夜款擺蛇尾，往著那顆星辰泅泳而去。

經過麒麟時，聖試圖抓住她，卻什麼都沒有。她輕輕嘆息，朝聖眨了眨眼睛，又在黑暗中消失了。

星辰越來越近，看起來卻不是圓的。十三夜一個縱躍，抓著聖跳進那顆星辰中。

* * *

他們滾成一團，壓壞了一張茶几，揚起了半天灰塵，兩個人咳個不停。

撐起手臂，聖壓在十三夜的身上，正好面對面。她張皇的將臉一轉，「……別看我。」

她的臉都是血。猙獰妖化的副作用太大，要恢復也需要一點時間……更何況她又被麒麟刺激到了。

十三夜只對「無」開啟防護系統。曾經身為禁咒師，終止末日的麒麟，恐怕遭逢了比死還可怕的命運……

成為無，或者是無的眷族。

聖站起來，拾起掉落的劍，插回腰間的劍鞘。四下張望，他認出來了。這是嘉南戰爭的一個廢棄工作站。他和柏人、阿默，就是在這裡被伏擊。看起來政府經費很不足，到現在還不能好好清理戰場。

「妳有我的e-mail，也有我的手機號碼。」聖嘆息，「妳為什麼不向我求救？」

十三夜吃力的盤坐起來，低著頭。「我又不是你的誰，甚至連朋友都不是。」

「妳明知道不是這樣……」聖的解釋卻被她打斷。

「夠了，不要說了！」她吼完，用力的拭去眼角的淚，深呼吸了幾下，盡量平靜下來，「我向來深有自知之明。」

「什麼樣的自知之明？妳說說看？妳的自卑？」向來冷靜的聖也有點動怒了。

十三夜將臉轉開，翠綠的長髮遮住臉，「……我們別談這個好不好？」

我為什麼要發怒呢？聖按住額角。我明明很久都沒發怒了。

相對沉默，聖開口了，「我很抱歉，我不該發脾氣。麒麟說的話……妳聽得懂嗎？」

「當然。」十三夜也暗暗鬆了口氣，很高興可以不要繼續那個話題。「你聽不見嗎？雖然不太清楚……」

聖轉頭看她，她卻飛快的將頭別開。「……她說什麼？」

「她說，這世界是活生生的，終歸會啟動免疫系統，出現像我這樣的噬菌體。接下來的我就聽不太清楚，像是有雜訊干擾。」她從髮間看著聖，「……你懂她的意思嗎？」

「一點點，我懂了一點點。」聖喃喃的說。

他察看四周，發現廢棄的電腦螢幕之前有痕跡，那痕跡證明他們是從電腦螢幕滾出來的。

「『門』是電腦螢幕？」他不敢相信。

「只要能夠反映出真實的任何東西都可以。」十三夜怯怯的回答，「鏡子、湖泊、水盆……我上次使用的『門』是個太陽眼鏡。」

……太陽眼鏡？聖回頭看她，她又把臉別開。「從小就有這種能力嗎？」

「當然不是。」十三夜笑出來，「篩選裔的時候我被排除在外，我一直是個普通人。」

「隔代大遺傳，返祖現象。」聖點點頭，開始嘗試修復布滿灰塵的電腦。

「……好像是。」不被盯著看時，十三夜放鬆許多，「我到現在還不知道那些妖怪販子是怎麼發現我血統的。」

「人口販子。」聖溫和的糾正她。

「隨便啦！」她顫抖的輕笑，「總之，他們抓到了我，對我……呃，用了許多方法，還差點殺了我。」她安靜了一會兒，「坦白說，我不知道發生什麼事情，我猜是有帶原者之類的靠近了我……我變成這個樣子。極度驚恐的時候，我可能喊了什麼……我只是想離開。剛好我旁邊有副太陽眼鏡。」

「然後呢？」聖低頭拆著螺絲。

「我離開了。你知道嗎？那時我還很會操控文字。我是個很棒的廣告企劃，大家都誇獎我的文案有魔力……能夠操控文字的感覺真的太棒了……難以形容的好。我可以看到許多寫在黑暗虛空的字句，是那麼的……充滿力量。」她強忍住淚，「原本我可以逃走的……但我去報案。」

聖停下了動作。「……警察將妳交給人口販子？」

十三夜沒正面回答，她勉強的笑笑，「他還是我未婚夫呢。戀愛五、六年……你永遠無法真正了解另一個人……」聲音很輕很輕，「即使在一起這麼久。」

聖的表情沒變，卻暗暗的咬緊牙關，幾乎發出格格的聲響。「……後來呢？」

「有個買家對我很有興趣。她……她穿了我的琵琶骨。然後我再也不能操控文字了。」她摀住嘴，「我……我沒失去什麼，認真說的話。我還是保有聽說讀寫的能力……但我只能使用，再也無法操控。我文字的魔力……沒有了，沒有了。」

她終於哭了出來，淒慘的、微弱的。

背對著她，聖動也沒動。良久，他終於開口，「那個買家叫什麼名字？」

那時她的能力還沒失去，應該知曉一切真名。

「……湯妹喜。」十三夜低聲，臉上滾下一串淚。

聖抬頭。這個名字……他知道這個名字，卻想不起來。「她是海盜頭子嗎？」

「我……我不知道。」她小聲的說，「但好像大家都怕她……她靠近我的時候，我會……我的樣子……會變得更可怕。」

或許，她就是那個無名者。一個能力非常強大的吸血族，活過許多歲月的吸血族。

他繼續修復電腦，「麒麟說妳是噬菌體？」

「我是人類。」她憂傷的低下頭。

「但某個角度來說，她說得沒錯。」聖微微一笑，「當初捕獲妳的周陶，是個惹禍精，他和我一個叫做柏人的組員交情很好，甚至偷了一點妳的血給他。」

「血？」十三夜有些迷惘。

「當時他在東南亞分部帶著一個團隊，正在試圖開發更便宜普遍的疫苗。周陶這傢伙……想給他的兄弟有點頭緒和貢獻。」

但他們所得的卻比原本預計的多太多了。他們由十三夜的那點血培養出更多樣本，靠這樣本不但生擒了無蟲，甚至吞噬了無蟲。

已經恢復人形的十三夜臉孔煞白，「……我什麼也沒做。」

「妳什麼都不用做，也不能有人對你做什麼。」聖笑笑，「我保證，我會用我的生命保護妳到底。」

「……因為我是個會走路的噬菌體？」她笑起來，卻尖銳沒有歡意。

「不是。」聖心平氣和的測試電腦，「不只是這個原因。」

十三夜沒有說話，但淚水將臉上的血污沖出兩條淚痕。

聖掏出手帕給她，十三夜僵了一下，還是默默接了過去。

他修復了電腦，但沒有電力。按著不斷電系統，他用聖光衝擊，大約可以用上一個小時。

這是在戰地的權宜之計，阿默總是笑他是個行動電池。沒想到和平了幾年，居然又派上用場。

他試圖接上無線網路，也幸好當初這玩意兒是柏人弄的，這麼多年居然還沒壞，讓他接上了衛星。

紅十字會的行動力很驚人，但這個激戰過的戰場還沒有完全清理。估計他們要抵達這個廢墟似的古戰場，最快也要四十五分鐘。這已經足夠了。

他飛快的入侵了紅十字會的重重防護，所有包含符法和科技的重重關卡。

「……為什麼你什麼都會？」十三夜看他運指如飛，目瞪口呆。

「嗯……可能是因為我神敵的血統很濃重。據說我的血緣來自一個掌管知識的惡魔。魔族通常都非常聰明，而我的祖父又是特別聰明的那種。」他笑笑，「我學什麼都特別快，像是這些知識都在我腦海裡，只是等待喚醒而已。」

他飛快的在禁忌資料庫裡搜尋。這是許多被抹殺卻備存的資料。像是林靖曾經參加過的社團，所有期刊都在這裡。

但這不是他的目標。許多不能公開於世的資料也都在這裡，湯妹喜的資料一定也在，他甚至閱讀過，只是想不起來。

湯妹喜。太好了，搜尋出來的資料起碼上萬。紂王寵幸的兩個妖姬，妲己和妹喜。

「……你真的有在看嗎？」頁面拚命閃動換頁，令人眼花撩亂。

「當然，我看得很清楚。」聖回答，「我速讀的能力很優秀。」

……這是優秀而已嗎？

他突然停下頁面，「對了，就是這個。」他一面閱讀，一面解釋給十三夜聽，「災變之後，許多書籍資料都亡失了。但因為地殼劇烈變動，許多湮沒的古籍……姑且不論什麼形式……也跟著出土。有個學者研究玉簡，提出關於妹喜的論文。他認為真正魅惑紂王，執行許多殘酷實驗的罪魁禍首不是妲己，而是妹喜。

「他又蒐羅了許多各式各樣的玉簡，提出一個大膽的假設。湯妹喜和日本九尾狐是同一人……」

十三夜呆了一會兒，「我看封神榜說，湯妹喜是隻野雞精。」

「說眷族比較理想。」聖又找出另一個資料，「剛好我看過《妖族通史》。雖然是斷簡殘篇，但幾宗大規模的內部戰爭模式很類似『紅顏禍水』。很有趣的是……」聖聳聳肩，「女主角的名字都有個『喜』，或是『羲』、『吉』，同音或類似的發音。」

「……你怎麼會……」十三夜訥訥的問。

「我的消遣，吃便當的時候無聊看看。」

拿禁忌資料庫的資料當消遣?!

她決定不再去細想，省得頭昏。「那麼，她在商朝就存在的話……商朝就有吸血鬼？」

「不不，不是。吸血族歷史雖然古老，但遷居東方的歷史還很短。我猜她大約又是成了眷族之類的，而且應該不太久……」

等等。照她的行為模式，應該很「華麗」。不管成為野雞精的眷族，還是成為九尾狐的眷族。不可能成為吸血族的眷族就收斂了。

他輸入關鍵字，瞥了一眼手錶，時間所剩不多，但應該夠了。

「……災變前幾年，列姑射島外海，發生了一起吸血族意圖打開鬼門的意外，被大妖殷曼和李君心所阻止。」聖揚了揚眉，「主謀是個人類轉化為吸血族的女人，名字叫做喜兒。我該感謝災變後紅十字會的資料受損非常輕微……還有，我們被通緝了。」

他站起來，揮劍砍碎了電腦主機。

十三夜瞪著他，聖倒是很平靜，「這樣格式化最快。」

「……我一直以為你是個溫和的人。」

「大部分的時候我都相當溫和，」他拉著十三夜快步離開，「溫和並且愛好和平。」

她一點點也不相信。

帶著十三夜平安的躲開追蹤。這對他來說輕而易舉。他對紅十字會太熟悉，更何況，這些追蹤的術法和儀器多半都來自他部門的草創或改良。

大災變中，犧牲了許多人類或眾生的前輩與高人，術法上產生了嚴重的斷層。重建的紅十字會成員普遍都很有勇氣和決心，但都過分年輕，修行和歷練都嚴重不足，要對抗疫病和災難都不夠。

沒有時間緩慢的修煉，和科技結合的術法因此產生，尤其是特裔的表現特別傑出。比方咬進子彈的驅邪符文、種進靈魂的符陣、追蹤冰符等等，許多都出自特機諸課的手底，尤其是二課。

這就是為什麼特機二課會有諸多設備精良的私有實驗室，和每個組員幾乎都能任意研究的緣故。

但或許，聖在內心深處，並不完全相信紅十字會。他不介意犧牲，但他介意為了無聊的鬥爭或私心犧牲。所以他會刻意記住這些儀器或符法的漏洞，除了自己的劍，他不曾使用過其他儀器來加強自身的實力。

種族歧視不是那麼容易消滅的，特裔和裔總要忍受普通人類的懷疑眼光。隨著表裡界限的破裂，災變至今四十年，零星的衝突和私刑沒有消滅過。

早晚會爆發的。現在是有紅十字會鎮壓，還有個疫病的嚴重威脅。若疫病徹底消滅，他們這些特裔……若是又從紅十字會開始……

他不能讓這種事情發生。瞥了一眼氣喘吁吁的十三夜，更不能讓這種事情發生在她身上。

真好笑。真正的妖族等眾生，反而可以自成結界，有個保護他們的故鄉。他們這群能力比較突出的特裔人類，卻赤裸裸的置身於人世，被同族視為異種。

天知道人世唯有一個純血人類，而那個人類反而終身致力於巡邏地維，對眾生一視同仁。

普通人類都會罵裔為「雜種」，可惜他們自己也是，卻不肯承認。

十三夜抓住他的袖子，他轉頭，「我走太快？抱歉，我沒注意……」

她表情驚恐。順著她的目光，發現她手臂的紅點伸出尖刺，微微顫抖。他轉頭望著尖刺指著的方向，神色略變。

不太妙。他可以聽到遙遠的呼吸聲，和巨大的存在感。

聖望著十三夜，給她一個安心的笑。「好幾千年對五十年，很不公平，對嗎？」

他輕鬆的態度讓十三夜寧定了點，「但她沒你這麼好的警報器。」她指了指手臂的尖刺，「看起來很像某種海葵，對吧？」

聖真正的笑了起來。「二對一，怎麼看都是我們贏面比較大。」他俯身抱起十三夜。「這次換妳要抓緊了。」

她僵了一下，順從的點點頭，抱緊他的脖子。

聖很厭惡妖化，但若只有一點點，他還可以忍受。他疾奔起來，沒有留下半點腳印。

一面避開紅十字會的追捕，一面隨著尖刺的探測迴避吸血族。他入侵資料庫時就知道紅十字會會追蹤而至，但他得先弄清楚敵手的底細。紅十字會不是威脅，但湯妹喜是。

這是巧合，還是湯妹喜已經滲透到紅十字會了？他覺得是後者，但程度還不太深。所以她得經過通訊才知道一些信息，不是通過靈魂符陣知曉。

存在感越來越強烈，十三夜的妖化也越來越嚴重。但她的防護系統像是承認了聖的存在，尖刺完全迴避他，只是緊張的指向可能遭受威脅的方向。

十三夜將臉埋在他胸口，緊緊的揪著他的衣服。他感到前胸溼潤，她一定又因為妖化出血了。

看著尖刺的方向，聖知道，他們被包圍了，而且本命正在逼近中。或許他能活到百歲，有機會抗爭這隻無數歲月的吸血族，但現在的他，實在還太早。

他沒有把握。

最後他在空地站定，正午的烈陽烘烤著乾枯的大地。

「聖？」十三夜小心翼翼的抬眼看他。

他將食指按在唇上，全身湧起強烈嚴厲的光，隱遁在烈陽之下。

十三夜屏住氣息，驚恐的看到相同臉孔的女子如潮水般湧來，卻像是盲人似的在他們周圍亂抓，卻沒辦法看到正在她們面前的聖與十三夜。

然後她出現了。所有的分身融蝕如流沙，水銀瀉地似的歸向本命。當她歸為一體時，巨大無朋的存在感像是恐怖的具體化。

「很聰明，小朋友，很聰明。」她微笑，冰冷如死神的碰觸。「但光卻不是永恆的。」

她的身體湧出濃霧，讓天地成為一片昏暗。

聖也笑了。「但我也不只有聖光而已。」他放下十三夜，將她推到背後，嘩啦從背後揚起黑暗的三對羽翼，手臂湧出黑暗的羽毛，犬齒露出唇外，尖銳得閃閃發光。

「信仰聖光的墮天使?!」妹喜暢笑，「還有比這更諷刺的事情嗎？」

「相去不遠，但妳不夠用功。」聖的瞳孔化為銀色，「我是羽族。」

「你以為魔界的兩腳雞可以威脅到我？」妹喜冷笑。

聖笑得更迷人，「那是因為妳不知道羽族到底是什麼。」他神情轉冷，將劍豎在面前，「但我知道妳是誰。湯妹喜，妳的老化開始了沒有？」

她的神情轉為猙獰恐怖，狂風似的抓向聖。

第五章　逃亡

他從來都不喜歡妖化。

即使生命受到嚴重威脅，他還是討厭這種感覺。即使在他知道自己的身世，墮落到深淵的那段歲月，他也不曾妖化過。

直到他重回紅十字會，才嘗試著探索自己的能力。或許，他深愛的人差點死在自己懷裡，成為一個非常恐怖的記憶。那時的他渴求更多知識和力量，即使是來自他最厭惡的血緣。

結果真是糟透了。妖化後的特裔通常心性都有點改變，但他簡直像是換了另一個殘暴而可怕的人格。他幾乎毀了整個實驗室，還是特機二課全體出動才制服他。

也是因為這個慘痛的教訓才讓他堅決的請調到特機二課，萬一出了意外，他的同事才有機會制止他。

曾經深深忌憚迴避的天賦，現在卻唯恐不夠強，他也不禁苦笑。大約有十分鐘的時間。可以維持妖化的力量，又不失去理智。

只有十分鐘。

「妳的老化開始了嗎？喜兒？」他用劍擋住妹喜的利爪，「妳追求這麼長久的成仙有結果了嗎？」幾乎無法壓抑的，他亢奮的用知識攻擊眼前的敵手，「聽說妳因為失敗被吸血族懲處。末日崩潰妳的牢獄，是嗎？」

「閉嘴！穢物！你沒有資格跟我說話！」她的利爪如長鉤，和聖的劍激出無數火花。

「眾多能人死了、填了地維，妳就猴子稱大王了嗎？」聖譏諷的說。

「住口！」妹喜的攻勢越發凌厲。

在激越得幾乎無法自持的嗜血中，聖勉強保留了一絲清明。這不是他能對付的敵手，最少不是現在。或許激怒她並不明智，但激怒她說不定可以僥倖找到一點空隙。

但還沒找到那個空隙，他卻被地底伸出的兩隻手抓住腳踝，並且幾乎被開腸破肚。若不是無數尖刺穿透了妹喜的利爪，他的腸子搞不好都流到地上了。

「……妳不要欺人太甚！」壓抑著顫抖，十三夜如蛇般昂立，發出嘶聲，「不要太過分了！」

聖趁隙斬殺地底分身，並且迴劍刺向妹喜……卻被她的狐尾擋住。

她冷笑，「你以為我在這賤人身上花了十年心血，就為了幫那群臭海盜？」

十三夜的尖刺和聖的劍都開始結霜、成冰，妹喜一使勁，尖刺和劍都一起成了碎片。十三夜因此慘叫起來，畢竟受傷的是她身體的一部分。

聖吐了口血，胸口的創傷被寒氣侵入，讓他的內息非常混亂。但他反而寧定的笑了笑。

「為了讓十三夜替妳打開通往諸界的通道？反正人世殘破不堪，妳也不希罕？」

妹喜的血色褪盡。他怎麼知道的？這個計畫從來沒有告訴任何人過！

「記住，知己知彼，百戰百勝。」聖迷人的笑笑，「妳不知道羽族，也不知道我會什麼。這會是妳最大的失策。」

妹喜想殺了這個賤物，一往前，地上卻湧出嚴厲而神聖的光芒，讓她淒厲的尖叫起來。畢竟她轉生為吸血族，擁有吸血族的弱點。

但這光也同樣傷害妖化為魔的聖。他全身著火，明白自己只能抗拒一小段時間。他回身抓住十三夜，張開漆黑的羽翼猛然起飛，在妹喜掙脫束縛之前，火速飛離她的感知範圍。

等他力盡，只能勉強飛進荒涼的山巔，將十三夜放下，褪去妖化，只是沒辦法醫治被聖光驅邪的神聖傷害。

「聖？聖！」十三夜搖著他，「不要睡！別、別拋下我……」

「……我沒那麼容易死。」他咳了幾聲，咽喉一陣甜腥。他聲音漸漸低下來，「翻過山巔，應該是……夏夜學院的實習分部。」他將殘存的劍柄塞在她的掌心，「去找水曜老師。我怕……紅十字會被入侵了，妳在紅十字會也不安全。去吧……」

「我不要。」十三夜倉促的搖頭，「你呢？我不會丟下你！」她瞠目看著自己滿掌的血，低頭看，聖雖然沒開腸破肚，但一道巨大的傷口從鎖骨劃到小腹，並且冒著冉冉的黑煙。

「紅十字會會找到我，在我受審之前不會讓我死的。」他笑了一下，「聽話……」

「但我會先找到你。」張開燦爛翅膀的妹喜冷笑，「而且會讓你死得非常痛苦。這就是搶走我財產的懲罰。」

夠了，我真的受夠了。十三夜猛然抬頭，憤怒讓她的獠牙更為暴長，滴著銀白的唾液。

「要不是妳對我有用，」妹喜露出嫌惡的神情，「我會先殺了妳這醜陋的怪物。」

「我絕對、絕對不會為妳所用。」她發出嘶啞的吼聲，「我也絕對不會讓妳碰聖！」

她手臂的尖刺驟長，攻擊了半空中的妹喜，「無德啞鳳（註），還敢在此張狂?!」

妹喜的翅膀竟然因此雜羽紛飛，讓她疏神了。

趁著這一點空隙，十三夜伏在聖的身上，雙手按著岩壁，漩渦再次吞沒了他們倆，將他們捲進了黑暗的虛無之洋。

妹喜大驚，想抓著尖刺將他們拖出來，十三夜卻搶先咬斷了手臂上的尖刺，鮮血淋漓的逃逸而去。

耗盡全力的聖已經昏迷過去，十三夜幾乎拖不動他，重得跟屍體一樣。

她痛楚的吐了幾口血，立刻被黝黑的海洋吞沒。在她還能操控文字時，她認識每一滴水，並且理解。這是無數故事的匯集，在她眼中曾是那樣繁複的美麗。

當初她莫名逃脫了人口販子的毒手，這片無盡之洋讓她捨不得走。她隱約的知道這就是她的領域，她本來就該生於此，掌管此地，管理無數的門。

但現在，她再也看不出原本的美麗，只有黝黑如墨汁的海水，和狂暴的急流……重傷的她光不被捲入海底就耗盡力氣，更不要提她還拖著沉重的聖。

防護性的尖刺被毀，比她想像的傷害深很多。像是這些尖刺都牽連著內臟，讓她嚴重的內出血。

不能鬆手……不能。她拚命眨著深海魚般的大眼睛，奮力款擺布滿雪鱗的蛇尾。無數星辰、無數的門。但她不知道哪個才是她的世界。

在她還能操控文字時，她知道每個門都有其意義，並且三界只是當中黯淡無光的小星星，並且雜在其他異界中。若走錯了門，可能永遠回不了他們的世界，最壞還可能死在某個不適合人類生存的異界中。

遠離急流，她放鬆自己，托著聖的下巴，隨波漂浮，並且思考著。看著自己疼痛的手掌，她開始有些不解。

這是四個英文字母，如鏡中文字的「OPEN」。

事實上，現在沒有人在學第二語言了。自從耳掛式翻譯機問世，只要把母語學好就好了。因為翻譯機會自動翻譯，聽說讀寫都能夠解決。她之所以會一點英文，是因為她還在念大學時，隔壁的住戶是個英國老太太，而老太太帶著助聽器，沒辦法用翻譯機，為了跟她學鋼琴，所以學了一點點。

疼痛略略降低，她比較能夠冷靜下來思考。很早以前，她就知道跟別人的認知不同。別人可能看見鏡子的形狀就知道那是鏡子，但她必須翻譯成「鏡子」這個詞才能夠真正了解。替她做評估的醫生擔心過她嚴重缺乏的圖像能力，但她一直活得很自在。因為她這種轉譯工作比普通人的圖像辨識還快好幾百倍。

直到妹喜取走她操控文字的能力。重返人世，她覺得自己活得像是個盲人，卻無法告訴別人這種痛楚。她唯一能做的事情是保姆，因為那些都還可以靠過往轉譯過的記憶來執行。

走出社區她就「瞎」了。因為她無法分辨街道的不同處、不能分辨方向，甚至左右。當然也無法操控以母語為基礎的文字。

但……母語以外呢？如果她能夠用第二語言打開通道，她能不能用第二語言來操控文字？

她低頭，拚命回憶幾乎忘個精光的英文，並且結結巴巴的用英文思考。原本沒有意義的水滴、星門，突然浮現了熟悉的文字，雖然她大半都看不懂。

試著在無數陌生的單字中跋涉，她遲疑的選了一個星門，精疲力盡的游了進去。

她抱著聖掉進了水裡。水不深，她微微抬頭，看到一串串的水珠在陽光下跳躍。是個噴泉，對嗎？但這是人工建築物，而她還沒恢復人形。但她已經無力動彈了，只能將聖保護在身下，托著他的頭。

意識漸漸模糊，她已經無力掙扎了。

「……師傅，他們沒事嗎？」一個年輕女孩的聲音，含著關懷和遲疑。

「傷得很重，但會好的。」滄桑低啞的聲音，卻令人感到安慰。

「真的不要通知紅十字會嗎？這應該是聖和那個女孩。而且他們居然在噴水池出現！師傅，任何術者都不應該在未許可狀態下進入這裡……」

「凡事都有意外。」年長的女士輕笑，「不，我想先問過聖。他畢竟是我最得意的門生。」

她眨眼，隨之湧上來的是強烈的痛楚。從臉蔓延到全身，她沒有一寸肌膚不痛。

從來沒有在這麼短的時間內妖化又恢復、恢復又妖化，她像是被摔碎的破布，痛得只想尖叫。但她忍住了，畢竟這種疼痛伴隨了她十年，深淺不一，各式各樣的痛楚地獄。

閉上眼睛，她開始試著分解痛楚的部位、程度，確定自己的損傷。她已經很擅長跟痛苦相處了。

大致上是皮肉傷。她暗暗鬆了口氣。內出血似乎停止了，最少她內部受損的感覺減輕很多。她試著撐著坐起來，看到自己的手上滿是結痂的傷痕，可以大略推算身體上也差不多。

但她還活著……聖呢？

驚慌的張望了一下，發現聖在她不遠處的床上闔目，確定他有呼吸。她垂下雙肩，緊懸的心終於放了下來。

這是什麼地方？簡樸的書桌，大排的格子窗，看起來像是書房而不是病房。但她沒選錯門，這是人世而不是其他異界。

門一響，一個明朗的女子走了進來，十三夜驚愕的看著她，發現自己一絲不掛，趕緊將被單拉到下巴。

「嗨。妳醒了？」女子對她笑笑，「妳應該是王琬琮小姐吧？我姓宋，宋明玥。」她凌空寫了幾個發亮的字，「現在覺得怎麼樣？」

抓著被單的手指發白。我該把英文學好的，最少我還可以操控母語以外的文字。十三夜想著。現在就叫做書到用時方恨少。

「……這是，紅十字會嗎？」她顫顫的問。

「呃，不能說完全沒有關係，但也沒那麼密切。師傅說過，我們算是『靠行』。但我們真正靠行的單位是夏夜。」明玥聳聳肩，「歡迎光臨夏夜圖書分部。不過大師傅老把一些新手扔來這兒磨練，所以又稱實習分部。」

就是……聖要她來的地方嗎？低頭看著手掌還沒癒合的反寫字母。我……我又重新獲得操控文字的能力，卻是一種她幾乎忘光的文字。

這不知道該覺得高興還是該哭一場。

「師傅，師傅就是……水曜老師？」她小心翼翼的問。

明玥瞪大眼睛，「看來聖跟妳提過，對嗎？」她走過來，扶著十三夜的臉仔細端詳，「妳傷口癒合的很快，但女孩子的臉孔還是要照顧一下。妳有在保養嗎？不保養是不行的……」

她沾了些香膏塗在十三夜的臉孔，原本如驚弓之鳥的十三夜卻沒有逃避。或許她這樣明朗坦蕩，讓人不知不覺非常的信賴。

明玥找了一疊衣服，將隔簾拉上。「剛妳滿身的血，沒辦法穿衣服。妳換吧，我去把懶鬼聖叫醒。」

隔著隔簾，隱約見她走到聖的床前，很不客氣的踹著床欄，「起來了！裝什麼死？三度燒傷而已，燒得死你麼？別賴床，快起來！」

聖輕輕的笑起來，「師姊，妳這少女越當越資深了。」

「你這小子敢拐著彎子罵我老？」明玥很不客氣的巴他腦袋，「修仙無歲月，聽過沒有？」

套上寬鬆的白洋裝，十三夜怯怯的走出去。她現在鼻青臉腫，臉上都是瘀血和傷痕，香膏一片清涼，但也讓她的臉看起來油膩膩的。

「聖，師傅要你醒了立刻去找她。」明玥拍拍十三夜的肩膀，「來吧，王小姐。我帶妳參觀一下我們圖書分部。」

十三夜擔心又害怕的看著聖，他撫慰的笑笑，要十三夜跟著去。「師姊會照顧妳的。」

戀戀的看他一眼，十三夜跟著明玥走了。聖也穿好衣服，原想配劍，猶豫了一會兒，還是放下。

若連師傅都信不過，這世界也沒他信得過的人了。他走向水曜的靜修室。

* * *

明玥帶著十三夜走下樓，一面跟她介紹。「這邊原本是我家。呃……我祖父跟我一樣是修仙者，不過他遇到我祖母，我沒遇到那個人。我祖父生前一直很慈悲……死後也是，魂魄還一直保護這個小鎮，直到災變才走。不過他生前收了不少冤魂精魄……我們家有段時間是鬼屋。」她眨眨眼，「最少鎮上的人都這麼說。」

「不過災變發生的時候，這些還在等超度的冤魂也不等了，直接去補地維了……那時師傅重病，我也放不下這小鎮……我沒去。」她無奈的笑笑，「祖母和老媽倒是平安老死，但這家就剩我一個。所以我把房地捐出來，成了這個圖書總部。」

她開了後門，一棟樸素卻莊嚴的建築矗立，有些像碉堡。一種漫不經心的豐沛感油然而生，像是矗立在此的不是人工建築物，而是森林，古老的山脈，或是永不乾涸的泉水。

「……大理石？」她摸了摸牆壁。但觸感很奇妙，像是溫潤的水。

明玥點頭，「對，大理石。自然精靈恩賜的骨骼。災變後毀了很多人或物……但我們很幸運，泉水精靈的水脈沒有破壞，依舊庇護一方。」

「災變前，這裡就已經有了堅固的鋼樑大樓，無數藏書，還有許多天啟者在這兒寫下珍貴的典籍。但災變發生的時候……小鎮受害很輕微，跟別的地方比起來。但我們科技結晶的圖書大樓卻被一把大火燒得乾乾淨淨。這是重建的。」

「……什麼是『天啟者』？」十三夜問。

「妳知道未來之書吧？創世主的黑暗劇本？」

「我知道。」她有些懷疑的笑，「真的有？」她以為這只是神話。

「真的有？」明玥笑起來，「才四十年欸！嘖嘖，那麼多人類眾生魂魄死靈的犧牲……然後現在的小孩子問，『真有這回事？』有時候我真的覺得世界毀滅好一點。」

十三夜的臉孔漲紅起來，「……對不起。」

「沒什麼，我只是……愛念。我剛說到哪？喔喔，天啟者。這是好聽的說法啦，事實上是還殘存人世，閱讀過未來之書的人們。未來之書是很爛的劇本沒錯，但也記錄了一些過去的歷史。災變前，師傅就將這些人集合起來編纂書籍，但災變毀了一切。」

水曜被未來之書侵蝕的很深，但相對的也獲得許多過去的知識和歷史。她堅決應該將這些留下來，成立一個龐大的資料庫。她的想法被紅十字會擱置，卻獲得夏夜學院大師傅的支持，於是在這個小鎮成立了圖書分部。

但災變的天火毀了這一切，劫後餘生的天啟者陷入嚴重的低潮。他們十餘年的苦心付諸一炬。

但應該最沮喪的水曜卻平靜地在夷為平地的舊址疊上一塊大理石。

「這是我們新的開始，新的基石。」當時身體非常虛弱的水曜說，「知識就是力量。只要世界還沒有滅絕，我就會把我所知道的一切，保留給後代。」

「師傅就是這樣。」明玥攤手，「她不會放棄的。所以我們又重新開始，保存典籍，開發能夠永久保存的儲體。不過很好笑的是，真能保存最長久的反而是古老的玉簡。不過沒差啦，只要這世界沒有遺忘文字，一切都還能傳承下去……」

明玥帶著十三夜參觀龐大的圖書館、資料庫和玉簡庫。她完完全全被文字迷住了。若是以前，以前她還能操控文字時，應該會起宛如天籟的共鳴吧？

但是現在，現在。她「瞎」了。她能閱讀，知道那種喜悅和音樂，但她再也無法體會了。

「這裡還只是華文圖書分部。其他語言的不歸我們管……但光華文就管不完了。」明玥觀察著她，「妳喜歡書？」

「……這曾是我的一切。」她歡欣卻悲苦惆悵，「曾經是。」

明玥研究似的望了她好一會兒，自言自語的，「喜歡書的通常不是壞人。」她昂首傾聽，「來吧，師傅要見妳。她跟聖應該談完了。」

隨著明玥穿越廣闊的長廊，十三夜忐忑的走入靜修室。明玥和聖的師傅，擁有堅強意志的女人，甚至在廢墟中，堅強重建知識庫的老師。她應該力量強大、有著鋼鐵般的意志，和凌厲的眼神。

但她只看到一個半躺在床上，瘦得可憐的女子。一個蒼老卻美麗，幾乎油盡燈枯的婦人。

「孩子，走近一點。」她聲音溫柔，「我已經看不太見了。」

十三夜走近些，怯怯的向她行禮。

「吃了很多苦頭吧？孩子。」她笑，卻有更多的悲戚。「不過是遺傳和基因的惡作劇，妳卻身不由己走上充滿災難的道路，背負妳並不想背負的命運。很沉重，對嗎？」

淚水迅速的湧了出來，十三夜覺得一陣陣的戰慄。只一眼，她就被看穿了。

「不，我不是看穿妳。」水曜笑起來，「聖告訴了我一些事情，我只是合理推斷。應該是聖觀察入微，對嗎？聖？」

聖有些狼狽的臉紅起來，十三夜也把臉別開。

「這些年，我們不只是編纂歷史，也同時注視這個殘破的人世。」水曜平靜的說，「不過麒麟倒是證實我們的假設，只是我不知道她怎麼會知道的……甚至我不知道她還存不存在。」

「她在。」十三夜急促的說，「我、我不會說，現在的我無法適當的說明。但她在，我可以感覺到，但她是、是……」她思維亂成一團，沒辦法找出適當的辭彙。

「like an open highway.」她破碎的說了一句。

水曜困惑的看著她，轉頭想了想。「她在高速公路？不，我猜妳不是這個意思。妳被毀了母語的操縱能力，但可以用第二語言嗎？」

「我幾乎把英文忘光了。」十三夜狼狽的咬著下唇，「但我可以操縱還記得的第二語言。」

「語言可以學習。」水曜偏著頭，「我這裡有精通各種語言的學者。說不定妳可以用另一種方式取回妳的能力。」

她微張著嘴，知道自己應該感謝。但她哭起來，痛苦不堪。「……我不要取回什麼能力。我只希望……還能聽到母語的『音樂』。那沒有辦法替代……再優美的文字都不行。我只要那個，我只想要那個。」

水曜微微動容。這孩子將所有的熱情都灌注在一種文字上，很像一個未來之書不斷迴避的人。而她的圖書館，必須和那位的虛擬小說互相印證。

這孩子有「史家筆」的天賦嗎？

但她繼承的血統卻很繁複，可能不只這種。災變前，國際交流已經非常頻繁，包括通婚。事實上，眾生移民與人類的混血已經是稀鬆平常的事情。

「聖，你先出去一下。」她吩咐，「我要看看十三夜的舊傷。」

* * *

環繞在十三夜琵琶骨上的舊傷，是種惡毒的咀咒。這種咀咒並不陌生，在紅十字會的醫療檔案裡頭多次出現，這種是吸血族獨有的惡咒，雖然可以解開，但傷口非常污穢，需要道行極深的法師才能祓禊。

她被拘禁了十年，惡咒應該感染擴散，讓她癱瘓成為廢人才對。但讓水曜驚訝的是，惡咒不但沒有擴散，反而向內緊縮，一點一滴的消滅惡咒，雖然緩慢，但她在痊癒中。

「……聖幫妳清理過傷口？還是有誰幫妳醫治過？」水曜問。

「誰也不知道我有傷口。」十三夜回答，「外表看不到了。」

「妳很健康，有著絕佳的免疫系統。」水曜慈愛的微笑。「或許要花點時間，但妳會得回妳的能力。」

十年，或者二十年，三十年。但特裔的壽命通常是兩百歲，這點光陰，她損失得起。她絕佳的免疫系統，並不只是噬菌體的功能而已。

水曜讓他們在圖書分部安頓下來，卻沒向紅十字會或夏夜彙報。

早在他們到來之前，學者們就發現一個令人困惑的現象。

在一些嚴重疫區中都會出現「綠洲」。一個社區，或一棟大樓，範圍有大有小，但絕對不會產生疫病。而居民體內通常可以發現抗體，最初的疫苗就是因此而來的。

而且這些「綠洲」，特別容易出現「聖人」或「聖女」。但不管是紅十字會還是國家政府，都沒有實際的抓到這些聖人或聖女，所以都當作是一種未經證實的傳說。

「所以，」水曜自言自語，「這世界的確是活生生的。祂還想活下去……所以產生抗體了。這倒是件有趣的事情。」

註：出自鏡花緣——丹桂巖山雞舞鏡　碧梧嶺孔雀開屏

多九公道：「此鳥名『山雞』，最愛其毛，每每照水顧影，眼花墜水而死。古人因他有鳳之色，無鳳之德，呼作『啞鳳』。」

這裡是譏誚妹喜的山雞精眷族身份。

第六章　自癒

他們暫時在圖書分部安頓下來，聖不覺得是長久之計，但水曜很堅決，他也就順從了這個母親般的師傅。

「但我們會牽累妳。」他非常不安。

「孩子，我在未來之書銷毀時，就該死了。」水曜很平靜，「我修仙沒有成功，這方面我還不如明玥。我還活著是因為被未來之書侵蝕太久，反而獲得不該有的壽命……你也知道我是活受罪。我想一定還有什麼是我該活到現在的緣故。我想，冥冥之中的確各有註定。」

「師傅，妳的病會好的。」聖皺緊眉。

水曜沒回答，只是輕輕的笑。「安心住下來吧，我已經設法和明峰聯繫了。他多少會賣我一點面子。」

「……只指望一個首領來解決問題，不是組織應該有的常態。」

「你不能太苛求。」水曜閉上眼睛，「要先人治才能適當的過渡到法治。一切都需要時間，紅十字會也不例外。」

這段歲月對聖和十三夜來說，都是非常珍貴的平靜。浸淫在知識與圖書中，十三夜顯得非常快樂。她甚至參與古籍修復的工作，而且學得很快。

但她在躲我。聖有些苦澀的想。

而他們小小的尷尬和迴避，卻也沒逃過水曜的眼睛。

「不打算在這裡工作嗎？」她遞了杯芳香的茶給聖，微微挑起眉，「我一直覺得你適合當個學者，而不是拿起劍。」

「特機二課那群渾球才能制服妖化的我。」聖微微笑，喝了口茶。水曜的圖書分部頗像西方修道院，學者們都要下田，儘可能自給自足。水曜認為智慧不只是頭腦，智慧也表現在勞動和健康上。

「你小看我們這群學者？」她寵愛的摸了摸聖的頭髮，坐在她對面。

「當然不是，怎麼可能？」聖舉起手，「特機二課的渾球不會要我的命，明玥師姊恐怕會控制不住力道。」

水曜笑了起來。明玥和聖非常友愛，就像她一雙得意的兒女。成為稀有的修仙者，卻不能成仙歸天，只能留在人間，明玥時時要留意自己的能力，尋常人類不用提，連修煉過的學生都吃不消她一兩成功力。

只有跟聖對峙的時候可以盡情發揮，她未免特別「照顧」了自己的學弟。

「明玥留在這兒實在可惜。」水曜輕嘆，「因為我，反倒誤了這孩子。」

「才不是這樣。學姊是誰留得住的？她會在這裡只是她喜歡這裡。」聖溫柔的看著師傅，「當然也是因為這裡有我們最愛的師傅。」

「但你留在特機二課卻不完全是因為喜歡那裡。」水曜靜靜的看著他。

聖不太自在的別開目光，「師傅，我是真心喜歡那群惹禍的渾球。」

「但你一直在等可以離開的時候。你害怕，聖。因為你怕失去任何你喜歡的人。」

他好一會兒沒說話，只是輕啜著芳香的茶。

「師傅，妳說得對。我沒辦法……或許別人會覺得變態。」他靜了一會兒，「其實我一直很後悔沒偷走我爸的屍體……那隻手。有段時間我一直很想把那隻手剝製成標本。」

這簡直是瘋了。他輕笑而搖頭。但他曾經這樣想，而且非常想。

「我什麼都想不起來了。六歲之前的所有記憶，連同我的名字。我只記得地震，然後一片漆黑，我動彈不得，只有爸爸的手緊緊的握著我。他說，不要怕，等看到光我們就會得救了。」

聖的笑漸漸蕭索，「很多年以後，我才明白。那只是一截斷臂。我爸其他的屍骨陷落到好幾層樓的地下，支離破碎的。好吧，如果我大一點，我一定會去偷走我爸的手臂，最少我可以握一握他的手。」

即使死亡也沒隔絕父親的愛，若不是以為父親還活著，說不定他撐不了那麼久。他應該感激，但感覺到的卻是饑渴和痛苦。

失去這麼愛他的人，而他也相同的愛他。

「我知道杜安非常愛你，但你寧願救她性命，卻不願回應她。」水曜憐憫的看他。

「那是……創傷後症候群。她有未婚夫，我該回應她什麼？」聖揉了揉疼痛的後頸，「她後來很幸福。雖然我常勸她不要吃那麼重的藥，但她還是一直在服藥壓制血緣。不過，這藥縮短了她的壽命，但她到死那天都是個普通人類。」

「而且生下普通人類的子女？」水曜的眼神更哀戚。

「是，她的孩子都很好，都是普通人類，連裔的標準都沒達到。」聖輕輕的回答。

這孩子。這個傻孩子。「你等於在責備你的父母。」

「胡說！」他吼完才發現頂撞了師傅，低下頭。「抱歉。但……我愛他們，雖然什麼都不記得，但我愛他們。」

「親愛的孩子，」水曜拉攏披肩，「在我的年代，異國通婚的混血兒飽受歧視……當然在現代覺得不可思議。我們現在鼓勵異國通婚，因為人類的血緣需要活化、刺激，人種可以更強健。現在的特裔和裔就跟當年的混血兒一樣。或許有段時間會被歧視、汙名化，但……不會是永遠。」

她目光寧靜。「歷史告訴我們，人類不斷的重複相同或類似的錯誤。但歷史也告訴我們，人類往更文明更開闊的道路走去。或許崎嶇漫長，或許充滿傷痕眼淚。但不要失去信心，千萬不能。」

聖沒有說什麼，只是臉頰滑下兩行淚。

「放手很容易，但你有沒有牽起手的勇氣呢？信仰聖光的騎士？」水曜站了起來。

他破涕為笑，「……師傅，我在妳這兒受教，妳卻不告訴我實情。」

「實情？什麼實情？」水曜聳聳肩，「我尊敬一切信仰。而且我相信有聖光的存在。」拍拍聖，「不就是你讓我相信這件事的嗎？」

水曜慢慢的走回去，而他坐在桌前，想了很久很久。

* * *

不知道這樣安穩的日子還可以維持多久。一面修復破碎的古書，十三夜靜靜的想。

現在別人叫她本名反而會讓她驚愕的想了一下，這裡的人都跟聖一樣喊她十三夜。說真的，這比本名還讓她自在多了。

王琬琮的人生早就結束了，但十三夜的人生，才剛開始而已。

雖然也是不怎麼平靜的人生，不過，來到這裡，她已經覺得好像天堂般了。

來到圖書分部，已經兩個月了。原本以為這就是個大圖書館，結果和她的想像有些不同。這群學者和天啟者，真正想做的卻不只如此。

正確的說，各個語言區都成立了圖書分部，但他們在嘗試著分類出正確、簡明、一套容易學習的術法學習教育。系統而邏輯性的，宛如學校教育一樣。

所以他們現在就是在設法將術法分門別類，做學校教育前的教材庫。

現在，他們就在她旁邊開會，而且爭論不休。

「……掃把？誰來告訴我，為什麼學校的交通工具會是掃把？」負責學園規章的學者瑞春一臉受不了，「搞清楚，達森，我們是華文部的。舞空術的騰雲駕霧我還可以理解……掃把？」

明玥輕聲的對十三夜說，「他只是想要弄個魁地奇出來。」

「明玥，我聽到了。」達森研究員不太愉快的推推金邊眼鏡，「這跟魁地奇沒有關係好不好？瑞春，妳也知道術法需要時時砥礪學習，在交通工具上著力是最簡單而且生活化的！騎掃把有什麼不好？」

「因為半空中無法設置紅綠燈！拜託，達森，就算每年只有一千個畢業生，十年後有多少？眼光放遠一點，你能想像一萬多把掃把在天空橫衝直撞的壯觀場景？而且每年增加?!」

「……那就限制他們只能在地面騎掃把！看，這是完全沒有污染的交通工具，OK？我真的不知道妳為什麼要反對把騎掃把列入法術實作。」

「我想你忘了還有種叫做腳踏車的玩意兒，不然還有溜冰鞋或滑板。為什麼非掃把不可？要騎掃把讓歐語圖書分部去煩惱就好了，我們華語分部跟人家騎什麼掃把？」

「魁地奇。」明玥對瑞春眨眼，「妳知道達森是《哈利波特》的迷。」

「閉嘴啦，明玥。」達森瞪了她一眼，「別這樣，我們的精神標語是什麼？

『開闊、自由、想像力』！你們這是嚴重歧視非華文術法！」

「他還是地海系列的迷呢。」瑞春沒好氣，「我們是不是還要每人配上一根魔杖當畢業證書？」

「能夠這樣是最好的了。」達森嚴肅的推了推眼鏡。「而且，我覺得這兩套書籍是我們建立學校的好指南。」

「拿兩套奇幻小說當指南？」瑞春的聲音大起來，「大師傅他們拿電影來當消除記憶的程序就夠蠢了，現在我們要跟他們比賽這個？」

「那個主意是我提的！」達森生氣了，「哪裡蠢？酷得很！」

「你這死宅男！」瑞春罵起來了。

「不懂宅男是什麼就不要胡亂使用，省得被笑！」

他們越吵越偏離主題，十三夜已經笑到喘不過氣來。明玥含著笑意聳聳肩，拉了十三夜出去。

「老天……」十三夜擦了擦眼淚，「我以為學前準備會議會更嚴肅一點。」

「會議就是給他們一個吵嘴的場所。」明玥伸伸舌頭，「太可惜了，以前更好笑，妳沒參加到。」

「……但他們工作的很努力。」十三夜回頭看著還在拍桌子的那群學者。

「是呀。」明玥跟著回頭，「災變前紅十字會有過鬆散的學院組織，我還去念了幾年書。但現在……耆老凋零，術者修煉不足。以前紅十字會的學院像是研究所，學生幾乎都家學淵博，去那兒是想更上一層樓、熟悉紅十字會的運作，為未來的工作做準備。但現在……」

她模糊感傷的微笑，「稍微有點天賦的幹員就得趕鴨子上架，沒有基礎、沒有訓練，有的部門連前輩都沒有。他們往往得在實戰中獲取可貴的經驗和知識……甚至在還沒有獲得之前就死了。於是紅十字會再招募有天賦的幹員……然後再看他們死掉。」

明玥皺眉，憂傷而堅毅。「這樣是不對的。知識就是力量，師傅說得完全對。但得到力量之前還得先培養品格。現在根本是一團亂，重建、疫病、盜賊、無蟲教。未成熟就夭折的術者，嫻熟卻惡用的無法之徒。不從根本的教育著手……重建只是沙灘上的城堡。」

十三夜默默的聽，「……我希望能夠幫上什麼忙。」

「我倒希望妳能留下來。」明玥眺望著晴空，「妳和聖。我們人手真的不夠。」

「我？」十三夜笑了一下，「聖什麼都會，他留下來一定很棒，他的個性很適合當老師。我？我什麼都不會。」

「妳對文字非常敏銳。」明玥眨眨眼，「符文原本就是操控正確文字的學問。」

十三夜憂傷起來，「……我失去那種能力了。」

「那是妳以為。」明玥朗笑，「十三夜，妳為什麼特別喜歡文字？我猜跟我會去修仙的道理差不多。」

「我不懂。」她迷惘起來。

「因為那是我們最擅長的。」明玥搖了搖手指。

什麼？

「妳不懂嗎？我會去修仙，就是因為這個對我來說跟本能一樣。我很容易做好。我並不是因為可以長生不老或成仙才修仙的。我祖父也是個修仙者，他過世以後我很想他，修仙讓我覺得跟他靠近一些。既然我一直沒遇到那個心動的人，我也就一直修煉下去。」

她輕嘆口氣。「我不覺得這有什麼了不得的，就像妳不覺得操控文字有什麼了不得。只是這個做起來最容易，最容易做好，也最容易被稱讚，不就這樣？修仙能成功的人……我覺得都是一些無情物，有缺陷的孤獨者。」

「……但我羨慕妳的缺陷。」十三夜輕輕的說。

「就像我羨慕妳會心動。」

「妳不明白，」十三夜垂下眼簾，「妳又漂亮又能幹，身材又好……」

「這些皮膚肌肉腐爛以後，底下的白骨一模一樣。漂亮？身材好？那是人類求偶的本能。身材相貌似少女是種求偶標準，年輕女性比較容易生下健康強健的子嗣，就這樣而已。即使我們去古已遠，還是難以脫離這種潛意識。」

十三夜表情古怪的看著明玥，她一臉純真平靜的回看她。

現在能明白為什麼明玥可以修仙了。她豁達到表裡一致的直接純真。

十三夜一直在想明玥的話，卻沒辦法如她那樣豁達。

不是美女這點，一直是她最深的痛。

她一直是個有魅力的女子。聰明機智，溫柔又獨立，甚至還是個才女。跟她交往過的男人都覺得她非常迷人，完全有著美女應該有的優點……

除了美貌以外。

這點可惜和遺憾，總是在情人眼底出現。他們都承認她是個好女人、好情人，但總是為了其他美麗女孩離開她。

這也不能怪他們。就像是在完美的瓷器上面發現那道致命的裂痕，惋惜的不全感會越來越深。

而且，也很難得遇到這樣個子矮小，微胖，從頭到腳找不到一點美感的女人。

這樣堅持的普通又粗糙。

我妖化身材還真的不錯呢。她自嘲的想。我還頭回看到自己的腰那麼細。還真是是魔鬼般的身材……和魔鬼般的臉孔。

我不要再想下去了。她掩住自己的臉，試圖讓自己睡著。

然後她聽到小石子打著玻璃窗的聲音。探頭出去看，聖在對她微笑，示意她下來。

快一點多了。他找我做什麼？更何況……我不想再看到別人眼中的惋惜了。而且他不是說，除了他以外的任何人？他早拒絕我了。

但十三夜看到他撿起一塊足以砸破玻璃窗的石頭，很快的改變主意，匆匆跑下樓。她可不想驚動沉睡的其他人。

「什麼事？」她匆匆穿上外套，底下還是白睡袍。

「我看妳翻來覆去，大概睡不著。」他空出臂彎，「去散散步？」

十三夜狐疑的打量他，但還是輕輕搭上他的臂彎。「……好。」

她恨自己這樣沒用。掙扎了一會兒，「我相信你找得到別人散步吧？很多人都遲睡。」

「但我想跟妳去散步。」

她表情古怪的看著聖。他是不是有什麼難以啟齒的要求？比方說要跟她借點血還是皮毛骨頭去研究？直說就好了，反正她也沒辦法拒絕。

再怎麼氣自己沒用，她就是喜歡聖。很白癡、沒有道理、不自量力。但喜歡就是喜歡，除了等時光洗刷而過，別無他法。

分部的碉堡是個環狀建築物，當中有個廣大得像是運動場的天井。他們走到正中間的水池，聖的眼睛倒映著微星，閃閃發光。

「有什麼事你就直說好了。」十三夜坐下來，認命而忍耐。「哪部分？」

「我寫信回妳……『除了我以外』的那部分。」他語氣平靜，「我想我錯了。」

他是什麼意思？

「我不交女朋友，也不結婚的原因，妳知道嗎？」聖挨著她坐下，十三夜不太自在的挪開些，但他又靠近點。

很怪，非常怪。

「……因為你有男朋友？」她謹慎的問。

聖的平靜打破了，驚愕的看著她，摀著嘴，他笑出來。「老天，當然不是！妳怎麼……噗……」

十三夜懷疑的看他一會兒，「……不然呢？」

聖撥了撥她的頭髮，她閃了一下，滿眼懷疑。「我的工作很危險。我有特奇的壽算，但還是隨時都可能因為意外喪命。我不希望讓我愛的人痛苦哭泣。」

你跟我討論這個適合嗎？十三夜皺眉思考了一下。或許他喜歡了誰，所以來找我商量？又可以得到建議，還可以讓十三夜徹底死心，真是睿智……睿智而殘酷。

「活在這世間就很危險。搞不好出門就被撞死，誰知道？意外的發生，又不看你是不是紅十字會的。照你這麼想，大家都出家，而且人類也滅絕了。」十三夜壓抑住傷心，冷靜的分析。

「這麼說，」聖微笑著牽住她的手，「妳不介意成為寡婦囉？」

花了幾秒鐘她才聽懂聖的意思。只是她瞪著被聖牽住的手，好一會兒才找到自己聲音。「……這不好笑。」

「我也覺得不好笑。」聖握緊她的手，「但我不想錯過妳。」

她先是臉孔褪得一點血色也沒有，然後慢慢漲紅。「……你是不是食物中毒？我知道了，一定是你某個實驗出狀況，所以你昏頭了？我勸你先回去睡覺，明天記得看醫生……」

「我很好。」聖平靜的回答。

十三夜想把自己的手抽回來，卻像是被鐵鉗夾住，動彈不得。她抽了幾次，聖都不放手。

「……聖，你是好人。」她侷促的笑了一下，「光明的聖騎士。但……但我不像你活得那麼光明磊落。」使勁想抽回手，無奈的放棄了，「我想過了，是我不對。我……我不該跟你……有太多互動。」她低下頭，「我……我不是個好女人。」

或許她可以騙別人，但她不想騙聖。

「我在大學的時候……」她聳聳肩，深深吸了幾口氣。「我、我很放蕩。但我不想為自己找理由。」失戀不足以為這種放浪當作藉口。「我一直到碰到未婚夫……前未婚夫才停止這種生活。我不希望將來你知道的時候才後悔……雖然你現在可能只是撞到頭。」

「妳的意思是說，妳少年時有留下孩子嗎？」聖拉著她坐在池畔，心平氣和的問。

「哦，老天，不是！」十三夜有些被激怒，「我是說我年輕的時候跟男人混得很兇！」

「但我不像妳想像的那麼光明磊落欸！」聖輕撫著她的手，「我不但曾經跟女人混得很兇，甚至靠她們吃飯。我還殺人放火、搶劫……凡是妳想得到的罪行我的犯過了。」

十三夜微微張嘴，「……真的？為什麼？」

「我發現我的信仰只是我父親寫的遊戲手冊設定，我甚至發現我有神敵的血統。那時還太年輕，因為這樣的理由，我崩潰了。」聖抬頭望月，「那是我第一次逃出紅十字會，以為墮落就符合神敵血統。只是我發現，血統不能決定我是個什麼樣的人，而是我想成為什麼樣的人。我的信仰可能是個命運的玩笑，但聖光未曾背棄我，既然我信仰並且喚出祂，我就該依循祂前行。」

他微微偏著頭，月光將他褐色垂肩長髮染得宛如白銀，連眼底都濺著溫柔的月，「妳會因為我過去的墮落罪行討厭我嗎？」

「為什麼要討厭你？那是過去不是嗎？」十三夜反射性的回答。

「那我可以用妳的答案回答妳的問題嗎？」他微微一笑，臉上整齊的鬍鬚也跟著微彎。

她又想抽回自己的手，卻被緊緊抓著。

「我、我從來不是美女。」十三夜結結巴巴的回答。

「妳什麼樣子我都看過呀。妳覺得我妖化的樣子會很可怕嗎？」

「當然不覺得……」她將話嚥下去，聖一定會用她的話反擊。「那是兩回事好嗎？」

「夜，我不像妳想的那麼好。我有很多缺點，相處後妳就會發現。說不定妳會覺得受不了，也可能我會改不了。但……我還是不想錯過妳。」

那雙濃眉大眼。即使不成人形，還是翹首望月。不管受過什麼艱困痛苦，還是沉默的面對。

或許在初見面的那一刻，就已經在他心頭劃下深刻的痕跡。

「……為什麼？」她還是腦海一片空白。

「那妳為什麼喜歡我？」

十三夜茫然的抬頭，「我不知道。」

「我也不知道。但注意，妳承認喜歡我了。」聖眨眨眼。

她的臉孔瞬間飛紅。這傢伙……根本不像他的信仰那麼神聖！

「那麼，就這樣說定了。」他挑挑眉，將十三夜拉近一點，在她額頭印了一個輕柔的吻。

……死了。就這麼說定了？說定什麼？

「……你會後悔的。」過去的陰影像鬼魅般纏上來，心頭的舊傷隱隱作痛。

「那是我的問題。但妳呢？」他的唇還離十三夜很近，近到可以感受他的呼吸。「妳會後悔嗎？」

她安靜很久，才帶著嗚咽的哭音。「不會，絕對不會。」

實現了她一直渴求而痛苦的願望，十三夜卻沒有想像中快樂。她哭了一夜，完全不能成眠。

第七章　始戰

或許第二天醒來，聖會承認他是跟人打賭才告白的。也說不定，隔了四十八小時，聖又覺得後悔，跑來跟她分手。

這些千奇百怪的問題她都遇過。她在人際關係上沒有任何問題，當朋友每個人都覺得她很好，但一旦成了男女朋友……就有各式各樣重大缺陷出現。

她有段時間分得很嚴格，朋友就是朋友，絕對不會越過界限。但情人……就只是解決肉欲問題的人，絕對不多付一絲溫情。

太多的創傷告訴她這個冷血的事實。一直到她遇到容格，後來跟她訂婚的人。她才試著放下心防，試著相信自己沒有問題，相信終究還是可以得到幸福。

只是她的信任粉碎得非常徹底。

現在的她，非常的低潮並且自責。覺得自己什麼也學不會教訓，讓這種輪迴永無止境的持續下去。

就像那些人毀了她的一部分，她也同樣的毀了那些人的一部分。她不確信聖會不會也這樣。

她不知道。

但聖沒說什麼，跟過往一樣平靜。在某個帶她靜禱的傍晚，送了她一條破舊的十字墜項鍊。

「這條項鍊陪伴我幾十年，以後就陪伴妳了。」他淡淡的說。

要很久以後，十三夜才知道這條項鍊是聖最珍視的寶貝，來自他父母的僅有遺產。這時候的她，還不知道。

但就算聖送她一根草梗，她都會小心翼翼的收起來，何況是聖的隨身物。所以這項鍊一直沒有離身過。

他們少年都曾經狂野，但步入人類的中年，卻反而保守起來。過著平常的日子，作息如常，只有習慣性的散步，或共同靜禱。要看他們倆牽手，才相信他們在一起。

或許是曾經有過狂飆而貪欲的少年，反而更小心翼翼的呵護初萌的情愫。原本十三夜緊懸著的心，漸漸放鬆下來。

而他們待在圖書分部，已經半年了。雖然十三夜常疑惑為什麼沒有人來抓他們，但聖的心底雪亮。

就像沒人會注意燭台下的陰影，無名者妹喜也將目光擺在世界的諸個角落。因為她確信自己掌控了紅十字會的所有資訊，或許還有夏夜的，卻不曾注意到遠在東部的這群書呆子。

但不再平靜了。還是老招數，媒體開始挑起對於痊癒者的疑慮，以及眾生和人類之間的仇恨，裔和特裔當然被劃到眾生那邊去，但眾生又不承認這些混血兒。更可笑的是，在東南亞和紅十字會打得難分難捨的無蟲教，居然得以在這島國成為合法宗教，因為憲法保護人民信仰的自由。

可怕的不是宗教，而是狂信者。

漸漸的，明玥和聖開始輪流「出差」，而且次數越來越頻繁。教徒和非教徒常常起衝突，而無蟲教的教徒視不信教的人為感染者或帶原者，往往會有暴動。

看著聖又出差了，十三夜注視著他的背影，卻沒有嘆氣。

或許她接受事實了。她和聖，大約終生都會籠罩在不斷變動的陰影下。但她決定不要為了還沒發生的事情哀嘆、擔憂。

擔憂不能改變任何事實。

她如常的過日子，工作和休息。因為變動隨時都可能發生，所以她更珍視這種平淡的生活。

現在她負責修繕書籍和書籍歸類。看起來很簡單，但對於圖書分部來說是非常吃力龐大的工作。雖然許多書籍都成為電腦資料或玉簡形態，但古老的紙本圖書還是大宗。許多在災變後搶救或挖掘出來的書籍都送到圖書分部留存，甚至還有每月的印刷品。

雖然這是份耗費體力的工作，但十三夜甘之若飴。畢竟這代表她在圖書分部還是有用處的，而不是食客。

但她拿著這本需要歸類到祕書庫的出版品，還是困惑了一下。這是本月最新的出版品，造成洛陽紙貴的轟動。她以為該送到近代大眾文學庫的。

「這本的分類沒有錯嗎？」她問。

「沒錯。這本分類是對的。」負責分類的老學者推了推眼鏡，「姚夜書的書籍都要送一本去祕書庫留存。」

姚夜書？那個災變後依舊存活至今，關在精神病院的發瘋小說家。

「他是罕見的史家筆。」老學者搖頭，「他不要再把人名地名搞錯就好了。這樣考據起來很累啊真是的……」

……什麼史家筆？十三夜滿腹問號的將書送到祕書庫。這裡是放置了諸多符籙、術法，最好和最具毀滅力的圖書庫。

她一直不懂，為什麼會有整套史記，和整套的姚夜書小說。低頭看了看，這是一本中短篇，一本故事集。據說是在斷垣殘壁之下挖出來的原稿。

她坐在祕書庫翻閱著，直到她翻到一篇「龍史傳」。但看到那三個字，她莫名的哭出來，等看完已經淚流滿面。

我怎麼了？她一面拭淚，一面感到驚異。

她百思不解，但怎樣也忘不掉那個故事。尤其忘不了龍史的臉孔，像是她親眼所見。

或許她的確見過。因為她妖化時的面容非常相似，非常像……史家筆的起源，一個從屍塊中拼湊出來的失敗品。

被煎熬得坐立難安，她想寫信給姚夜書，而且這種願望越來越強烈。

但她不能寫e-mail。姚夜書就關在紅十字會附屬精神病院，為了她的輕率而曝露行蹤是不行的。最後她寫了一封紙本的信，丟進郵筒裡。

她所有的不安都消失了，就像篤定的知道，她做了一件非常正確的事情。即使她永遠都收不到回信……因為她沒寫上自己的地址。

但他會收到的，十三夜非常篤定的知道這一點。

而她，並不是孤獨的。

* * *

就在她寄出信件後的第二個禮拜，那是一個晴朗的午後，她還記得，那天是晒書節，是圖書分部的一大盛事。

他們遵循著古禮，慎重的祭祀書籍，並且將最古老的藏書拿出來主祭。祭體就是這本古書。

正在舉行祭禮時，突然響起急鳴的警鐘。

「……火災？」十三夜喃喃著，但像是否定她的疑問般，她的手臂浮現無數紅點，嗶啦啦的長出無數長鞭般的尖刺。那些尖刺緊張的指向北方。

「是無。」明玥還穿著祭袍，飄飄若謫仙，「果然來了啊。這倒是滿好的祭品。」

「是說打我們作什麼……」

「東部只有我們這邊屬於紅十字會啊，又都是老弱婦孺，不然就是軟弱書生。」

學者們都笑了起來。

「小看書生是很危險的唷！」瑞春搖了搖頭。

「請妳說學者好嗎？」達森沒好氣，「是鬥嘴的時候嗎？各就各位！喂，瑞春！騎掃把比較安全！御劍太危險了！」

她翻了翻白眼，「你怎麼忘不掉你的掃把啊？現在是耍宅的時候嗎？」瑞春不甩他，微彎著膝蓋踏在飛劍上，飛上北塔開啟副符文陣。

「我要糾正妳，沒有『耍宅』這個名詞！」達森圈著嘴對她嚷。

「你快去南塔好嗎？副指揮官？」明玥勾了勾手指，她的滑板聽話的飛馳而至，「快點各就各位，要開啟防護了！」

她帥氣的盤旋而上，就飛在中庭湧泉的上空，等待四方副符文陣都開啟，她虔誠的讚美泉水精靈的精純，藉著湧泉的力量啟動了大防護節界。

就像是水藍的煙火噴湧，霧化成細密到幾乎看不見的水珠，在碉堡外一里處形成一道堅固而堅韌的無形城牆，原本輕視他們的叛軍被迫阻止在結界之外。

十三夜手臂上的尖刺漸漸縮短，消失。她匆匆跑上碉堡樓頂，看到令人膽戰心驚的景象。

一望無際的田野被踐踏成黃泥地，觸目可見都是敵軍，像是螞蟻一樣密密麻麻的包圍著碉堡。他們舉著繪著無蟲的軍旗，不但有著人類、眾生，甚至還有無數妖異，奇模怪樣，撲天蓋地而來。

領隊的女將領讓她瞪大眼睛。那是妹喜……或說是妹喜的分身。

「不投降……就得死。」她冷冰冰的聲音幾乎穿透了一切，連她的軍隊都顫抖了。

但這群學者們卻輕笑起來，明玥用日光為弓，拉著無弦之弦，發出一聲強烈的弓鳴，那破魔之聲劃破了妹喜的臉孔。

「這就是我的回答。」她睥睨的看著妹喜，「就這麼幾千人妄想打下我們圖書分部？瞧不起我們麼？」

她的艷容扭曲，憤怒的不可遏止。「……全殺了！」

隨著無蟲軍而來的法術小隊開始試圖破除結界，開始攻擊風水石。

水曜原本就擅長防護結界，被未來之書侵蝕這許多年，雖然嚴重的損壞她的健康，卻留下了意外的知識和壽命。她以原本的學識為基礎，又和學者們共同研究，創出這個大防護結界，堪稱銅牆鐵壁，連無都束手無策。

但就像是萬事萬物必有其缺點，即使這樣強悍的符文陣，還是奠基於風水石。

水曜也有些佩服，敵軍確有能人，一眼就看出最脆弱的部分。

「明玥，去趕一下小蟲。」她慢慢走到中庭湧泉，「我來主陣。」

「師傅……」她有些遲疑。

「我還成的，別讓人看輕了我們這群書生。」水曜結起手印，瘦得幾乎沒有肉的臉孔浮出一絲自豪的笑。

明玥也跟著微笑，湧起干雲豪氣。「儲備教師隊隨我來！將來要對學生吹牛，可就靠這一戰啦！」

學者們響起一片笑聲，燦如流星般，用著不同咒具的預備教師們飛逝而出，用他們預習已久的法術殺退洶湧的敵軍。

他們付出半生心血在圖書分部，無數熱情和愛，以及一切。已經毀過一次了，他們決不願意再次面對廢墟。

而且，這是次最有效的戰鬥實習，再也沒比這更好的機會了。而他們的主將明玥一次次的發出弓鳴，那破魔之聲更給他們無數勇氣。

看著法術爆炸的聲響和廝殺聲，水曜望著北方。她已經送訊到紅十字會，後援應該正在集結，抵達戰場，應該是八個小時之後。

只要堅持八個小時就好。

未來之書，你到底在想什麼？水曜有些困惑的笑笑。他除了讓水曜看到末日的必然，又給了她太多其他的知識。其他的天啟者也收到各種不同領域，卻過多知識的「禮物」。

你……真的憎恨這個世界，還是自己也不知道的，愛著這個世界？

她深吸一口氣，讓自己與泉水同步，連同意識都成為結界的一部分。

還活到現在，一定是有道理的。或許就是為了這一天。

* * *

妹喜的焦躁節節升高。原本以為會輕鬆攻下的圖書分部，卻遇到如此頑強的抵抗，真是始料非及。

她向本命求援，但本命卻遭逢禁咒師的追殺，自顧不暇，要她自己想辦法，還責備她辦事不力。

這群該死的書生！

她搜尋那隻怪物已經半年多了，找到心浮氣躁。紅十字會已經讓她的教徒們滲透了，卻依舊遍尋不獲。直到她發現自己的盲點。

真正掌握一切資訊的，並不是紅十字會，而是夏夜的圖書分部。而圖書分部並不直屬紅十字會，守備薄弱，但各圖書分部卻有他們獨特而堅固的網路系統，想要竊取情報是接近不可能的任務。

而且這群該死的學者幾乎是一致的頑固，她的「福音」根本無法影響他們。

然而這世界越來越排斥她，她的力量越來越弱了。

哼，反正三界早就殘破不堪，她根本不希罕這個這個殘花敗柳似的世界，就算現在周朔求她成仙，她也不要了。

健康而完美的世界多的是，她只需要一個可以穿越通道，抵達其他異界的工具，這個醜陋的怪物就是她唯一的希望。

當初發現這隻怪物居然可以透過通道逃脫的時候，她是多麼狂喜。但她太心急了，穿了她的琵琶骨，結果失去操控語言能力的怪物，也同時失去穿越通道的天賦。

十年，她花了十年想盡辦法激發這隻怪物的潛能，無數苦心。但她得到什麼？做為生財工具的海盜居然為了一點點錢把她賣了！結果連交易都還沒成功，落到最棘手的紅十字會手中！

結果她還是逃脫了，恢復的能力卻還是不歸妹喜所有。

就算拆了這個世界，她也要找出那隻醜陋的怪物。所以她選擇看起來最薄弱的華文圖書分部，等把這群蠢學者殺乾淨了，她就算把整個圖書分部翻過來，也要找到那怪物的下落。

她是我的！

但這個時候，妹喜還不知道，她要找的目標近在咫尺，並且驚恐的看著她，甚至「看到」她所有的想法。

十三夜只覺得喉頭乾渴，她失神的低頭想了一會兒。轉身奔下樓梯，接近本能的找到正在裹傷的明玥。

戰鬥已經持續了一天一夜，明玥顯得疲憊，臉頰上還帶傷。

不該這樣的。十三夜抓著她，「……她要我而已，讓我去。」

「什麼？」明玥皺緊眉。

十三夜喘了一下，急促的將她「看到」的部分說了一遍，「讓我去！不要再有死傷了……」

「住口！我怎麼可能讓妳跟小曼一樣……」明玥變色，「妳當我們是誰？強盜搶錢可以給她，搶家人可以給她？不要侮辱我們！」

「但、但是……」她哭出來，「都是我害的……」

「我叫妳閉嘴。」她氣息粗重，好一會兒才平靜下來。「他們炸斷了幾個要道，援軍才開不過來，已經在搶修道路了！整個東部……幾乎沒有駐防軍隊，他們才敢柿子挑軟的捏。我要讓他們知道，我們不是好惹的。不然各路人馬看我們軟弱，豈不是沒了這起又有下一起？

把妳獻出去？我們臉要擺哪？還有，妳給我記清楚，妳又沒做什麼，為什麼都是妳害的？別逼我把妳五花大綁泡在泉水裡清醒！」

十三夜瞪了她一會兒，無力的摀住臉。「……我只會拖累你們。」

「誰說的？妳可以幫我照顧師傅。她主陣壓力很重。」明玥深呼吸幾下，「有萬一的時候，妳要保護她。」

她抄起月光，又踏風而去，投身入激戰中。

我要保護師傅。十三夜抹去眼淚，握緊懷裡的匕首，走到湧泉前。水曜依舊保持著相同的姿勢，和泉水同步，顯得非常脆弱。

咬著唇，十三夜輕撫胸前的十字架，低聲祈禱。

聖還沒有回來，不知道是不是遭逢了無蟲軍。嚥了嚥口水，她決定不要煩惱這個。

遲疑的抬頭，她發現，在黑暗的虛空中，她又能「閱讀」到什麼，卻不是她想知道的。

龐大的蜈蚣從天而降，那是無數無蟲所匯集，宛如天災般，正在破壞水曜生命維繫的結界。

「別想……你別想！」所有的恐懼和害怕都化為憤怒，她對著天災似的巨大無蟲怒吼，「有我在，你別想！」

這是第一次，她自主性的妖化，雲從風生的飛騰於空，像是一隻憤怒的人身紅龍。無視結界的破空而去，並且抓破了無蟲的眼睛，讓他崩潰了一小部分。

這不是純粹的「無」。她模模糊糊的領悟到。當無得到智慧和狡詐，就已經滲入了「存在」，也就是相對的「有」。

不再純粹，就不再擁有絕對強大的力量。

「fire！」她張口。

熊熊的天火從她嘴裡噴湧而出，襲上了巨大的無蟲。被烈焰灼燒的無蟲發出尖銳的慘叫，反過來捲住十三夜。

天空一片紅光，像是天堂的焚毀。

好痛。蜈蚣般的聚合體幾乎將她壓碎，而匯集的無蟲咬得她遍體鱗傷，雖然她的尖刺也穿透聚合體。

她從來沒想到會這麼痛，她畢竟罕於戰鬥。但被無數無蟲啃噬……被焚燒的不過是一小部分，她覺得她會死，被數不清的無蟲一點一滴的吃掉。

但聚合體卻鬆開她，發出更尖銳的慘叫。她差點墜落，不純熟的穩住自己，點點滴滴的血從細小的傷口潸潸而下。

但聚合體卻扭曲顫抖，和她接觸過的地方腐蝕擴大，像是被濃鹽酸潑過。

……是我的血嗎？她驚愕的看著自己的手。剛剛她摀住額頭，滿掌的血。她鼓起餘勇，笨拙的撲上去，將血抹在聚合體頭上，那隻巨大蜈蚣痛苦的擺首，將她撞上北塔，坍塌了一部分的城牆。

好痛，真的好痛。

但她蜿蜒的爬出石堆，深深吸了口氣。我不怕無，我不怕。要怕我的是他才對，他怕我的血。我並不是血清製造體，我可以做什麼的。

我是怪物，但我也是人，可以做什麼而不是等人救的人。

「fire！」她又怒吼的噴出天火，將巨大蜈蚣逼離城牆，然後飛騰於空，有些不穩的。

她覺得虛弱。或許十三夜的血是無蟲的剋星，但她體內的血有限，而無蟲則無窮。所以她不再撲上去，而是在巨大蜈蚣的周圍飛繞盤旋，並且不斷噴著天火逼退。

但像是無蟲看穿了她的念頭，巨大蜈蚣開始分解，像是邪惡之霧般籠罩而來。十三夜只能噴著天火對抗，但火力越來越弱，她也開始陷入絕望了。

就在她強迫自己面對自己末日時，突然湧起令人睜不開眼睛的強光，像是太陽出現在午夜，照亮了漆黑長空。原本就帶有厭光性的無蟲重新聚集對抗強光，卻被巨劍劈碎。

張開六對烏黑翅膀，聖挽住虛弱的十三夜，「抱歉，我來遲了。」

她大大喘口氣，不禁淚流。「我以為見不到你最後一面。」

聖想回答，卻被巨大蜈蚣撞得一偏，十三夜怒火陡生，尖刺宛如長矛刺穿巨大蜈蚣，並且伸手抓住聖。

他的妖化漸漸消失。真是兩難。使用神敵的天賦，他就不能使用聖光，而且會失去理智。使用聖光，他就不能變身。

「妖化我來就好。」十三夜輕輕的說，「你做你該做的事情。」

那一夜，對無蟲軍來說，都是可怕的一夜。噴著天火的人身紅龍和她身上發出嚴厲白光的聖騎士，不但斬殺了他們神聖的巨大無蟲，更氣勢萬鈞的在大軍之上肆虐。

在殘軍之前，人身紅龍和聖騎靜靜的看著他們，和妹喜對峙。

「想要我？」十三夜語氣寧靜，「那就追來吧！」他們悠然往北飛去。

妹喜瞳孔緊縮，命令殘軍全力追擊，沒留下一兵一卒。

第八章　無之禍

明玥擔憂的看著躺在病床上的水曜。水曜主陣了將近三十六小時，對她來說負擔實在太重。但圖書分部的有效戰力實在太少，她不出戰不行，只能讓孱弱的師傅這樣撐下去。

若不是聖和十三夜引開無蟲殘軍，師傅說不定連命都沒了，圖書分部將付出更多人命的代價。

她皺緊眉，重新思考圖書分部的戰力問題。看起來，得將攻擊性法術放進課程中，並且要培養她和師傅以外的主陣人才。不管未來的課程如何安排，攻擊和防禦都是必須要加強的，而且是當務之急。

但更糟糕、更迫切的問題卻不是這個。他們俘虜了重傷的敵軍，消滅了若干來不及逃逸的妖異。但醫生們卻提出絕望的報告，這些俘虜都是帶原者，甚至有初步感染現象。他們體內甚至有病毒零的變種，更為兇悍、易於傳染，現有的疫苗甚至無效。

審訊官說，俘虜們之前是靠教會提供的「聖水」保持不發作，但他們的「聖水」經過分析令人啼笑皆非，裡頭含有終止活動的病毒零，像是一個休止符，通知體內的病毒零休眠而已。

所有跟他們接觸過的人可能都被感染了，尤其是圖書分部全體。

結果圖書分部沒有毀於戰火，卻要毀於疫病嗎？

俘虜們慢慢變成殭尸，不得不人道毀滅。圖書分部的氣氛很低沉，即使無蟲殘軍讓紅十字會擊潰，十三夜和聖脫險，也只讓他們振奮了一下子。

他們封館，靜待夏夜的醫療小隊，已經有心理準備面對自己的末日了。

但等醫療小隊抵達，結果卻讓他們目瞪口呆。他們詳細檢查之後，困惑的解除警報。

這是怎麼回事？

「綠洲現象。別問我，我也不能解釋。」領隊搔搔頭，「你們的聖人或聖女是哪一個？」

明玥呆了一下，她轉念，似乎有些明白。但她卻說，「我不知道。」

「算了，我放棄。」領隊發牢騷，「每個『綠洲』都這麼神祕兮兮的。這可是有益全世界的事情，為什麼不告訴我們？……」

「……你認為這種『聖女現象』是怎麼回事？」明玥問。

領隊看了看周圍，低聲說，「其實這個在我們內部也吵得很兇，有派堅稱根本沒那回事。但我想，可能是有些人擁有天然的抗體，經由呼吸或唾液散播在他的生活環境……動物族群中更明顯，我們抓住當中的可能產生抗體的動物，綠洲現象就消失了。但解剖和實驗都找不到為什麼會產生抗體，真是苦惱……」

……比較令人苦惱的是你們這群只會切切割割的所謂專家吧？

因為十三夜住在這兒過，所以我們能夠抵抗病毒零了？也有可能，在我們當中，就擁有不自覺的「聖人」或「聖女」，所以我們也得到了抗體？

這個謎題一直沒有得到解答。但他們和其他綠洲居民不同的是，他們獲得的抵抗力幾乎是終生的。在疫病橫行，幾乎絕望的歿世，華文圖書分部後來發展成立的

「法學院」成了一盞光明而純淨的燈塔，培育出無數術法人才，不但成為紅十字會的新血輪，也在科學的發展之外，證明了術法的價值。

此是後話。

* * *

聖和十三夜且戰且走，將殘軍誘到圖書分部北方，舊稱宜蘭的海岸。就在這裡，紅十字會的援軍正好趕到，在海岸與殘軍展開一場激戰。

兵荒馬亂之際，聖和十三夜卻被妹喜的分身糾纏不休。雖然說分身的武力不強，聖幾乎一刀就能斬殺，但只要本命無恙，分身可以一再重生，簡直是不死身。

但她的形影越來越薄弱，到最後簡直像是半透明一樣。讓聖想起那條被吞噬殆盡的無蟲。

十三夜對妹喜起防護反應，表示她必定被無侵蝕了。他傷不了妹喜的分身，但十三夜可以。

最後應該是不會死的分身，像是玻璃一樣被聖擊碎。

十三夜軟軟的癱倒，遠遠近近都是哀號和戰呼，還有爆炸聲此起彼落。他俯身抱起滿身血污、幾乎不成人形的十三夜，心底很沉重。

她是無的剋星，這確定了。但十三夜只有一個人，有血有肉，壽算有限。而無則無窮無盡。

前途宛如暴風前夕，看不到半絲光亮。

趁著夜色的掩護，他抱著十三夜，悄悄的離開了戰場。

* * *

扛著十三夜，他沿著鐵道走，到了被廢棄的一個小站。

精疲力盡的政府無力顧及東部的建設，許多小站都被廢了，連拆除的經費都擠不出來。

這個小站無人維護，月台殘破，連鐵軌都沒了一大段。極小的候車室和售票處幾乎讓坍塌的屋頂半埋，連遮風避雨都有困難。

或許外面的民房有保持的比較完整的？十三夜失血過多，需要休養和營養。劇烈妖化，她又幾乎將自己的力量用盡了。

縱躍出殘破的車站，聖有些疲倦。早晨的陽光溫暖，他抱著全身血污的十三夜坐在陽光下，只留意不讓她的臉被晒到。

等候禁咒師半年多，卻苦候不至。據說他去了東南亞，和柏人並肩作戰。讓禁咒師無暇他顧的敵手……恐怕是沒來親自抓他們的妹喜本命吧？

回圖書分部嗎？不好，他們行蹤已經曝露。妹喜若遣分身來倒還可以武力以對，若是潛藏在紅十字會的無蟲教徒呢？名義上，他們是紅十字會的人，聖的確是潛逃的要員，十三夜也違反了治癒者保護條款。

師傅若要保住他們，就要跟紅十字會對立。

或者也去東南亞？但那邊是戰區，在見到禁咒師之前，能不能活下來還是問題。更重要的是，要怎麼平安抵達呢？

他垂首片刻，決定把這些問題推到一邊去。因為危機已經迫在眉睫了。

睜開眼睛的十三夜伸出防衛的尖刺，軟弱無力又緊張的指向離他們不遠的陰影。輕輕的放下十三夜，聖按劍伏低，看著陰影漸漸成形。

像是骯髒果凍的形體蠕動，浮出一張美麗的臉。烏黑的唇帶著艷然詭譎的笑，漸漸抖動昂然，凝聚成形。

灰綠皮膚的美女，滴著體液，用誘人的姿態趴在地上，似乎沒有起身的打算。只是用誘惑的眼神看著聖。

一隻妖異。

「我沒有武裝，」她的聲音甜美到令人難受的程度，「只想談談。」

「跟妖異有什麼好談的呢？」聖反問。

「因為我是無的使者。」她撩了撩溼漉漉的長髮，「存在於有和無之間，你不覺得妖異是最理想的使者嗎？其實，有和無在創世之前就已共存，現在又何必拚個你死我活？你說是嗎……神敵的聖騎？」

十三夜緊張的抓著聖的外套，喉嚨滾著低低的咆哮。他安撫的按了按十三夜的手。

「兩軍交戰，不斬來使。」他平靜的說，「且聽聽她說什麼。」

「果然睿智。」使者狡黠的笑笑，「我們希望和平。畢竟所有的『有』都消逝，『無』的存在就沒有價值了。為何我們不就此停戰，共謀這個世界的重建？」

聖睜大了眼睛，荒謬而啼笑皆非的。「阻礙世界重建的難道不是疫病？」

「病毒零是人類實驗室的產品，並不是無的主意。」使者眨了眨眼睛。「反過來，疫苗無法對付的變種，無卻可以使之休眠。別把無看成毒禽猛獸……每個生物誕生的時候，體內就存在著無……隨著年齡而漸漸增多，直到無取代了有，死亡降臨。無的存在是種自然。」

「原本是。」聖凝視著使者，「告訴我，現在的無蟲採用哪種社會形態？人類？」

使者輕笑一聲，咬著下唇。「人類或眾生的社會形態都充滿動亂，不夠理想。目前我們採取白蟻的社會形態。」

「所以名為使者，妳現在是無的總意志囉？」

「可以這麼說。」使者大方的承認，「坦白說，三界內並沒有我的敵手，即使少年真人，或者是麒麟重臨，還是只能傷害我億萬之一而已。你們自以為重大犧牲、維繫世界的新地維，在我眼中根本就不堪一擊。毀滅一切不過是轉瞬間罷了。」

「那妳為什麼不動手？」聖寧靜的看著她。

「因為她已經不是純粹的無了。」十三夜虛弱的說，「她貪戀存在的滋味，有了智慧和狡詐……在無神的時代，她想成為新的神、唯一神。」

使者將目光投向十三夜，充滿讚賞。「我當初不該找妹喜合作的。若直接和妳共生，我的目的搞不好早就達成了。那婊子只想著自己的目的，鄙視我如蟲蟻……但我會進化，遠比她想像的快很多很多。」

「不！」十三夜嚴厲的拒絕，「這世界不需要一個暴虐的唯一神！」

「我想我們有些誤會，妳畢竟是個小女孩。」她轉頭對聖媚笑，「她會聽你的。聖騎，你仔細想想，我要求的不過是虛無的崇拜，但戰爭可以終止，疫病也會消滅。這世界將會步向另一個世紀……而不是暮日沉沉的末日……」

聖微微一笑，迅如疾雷的拔劍，將妖異斬成兩截。「這是我的答案。再說，我們沒有立場代表這個世界。」

「愚蠢。」被斬成兩截的使者慢慢融化，「和平的手段果然沒有任何用處，暴虐還實用點。」她發出幾乎聽不見的尖叫，陰影處湧出無數妖異，漸漸圍攏，形成一個包圍網。

十三夜的臉頰上濺滿了血。但那不是她自己的，而是聖的血。

事實上，她連維持妖化都辦不到，只有手臂的尖刺還軟弱無力的緊張著，激戰了整夜，又飛行了上百里，她完全沒有受過任何戰鬥訓練，即使是妹喜殘酷的實驗中劫後餘生的特裔，有再強的天賦也無能為力。

她感到虛弱、發冷，全身的傷口都發出惡臭與痛楚。她強韌的防護系統幾乎癱瘓，失血過度的她怕是熬不過這一劫。

聖也不行了。他一路從北跋涉，路途上已經遭逢過伏兵，又不畏死的來解圖書分部之圍，奮戰到現在，已經是極限了。

何況他們遇到的是無直接指揮的妖異大軍，是直屬於無的眷族。

他的血不斷的滴在十三夜的臉上，卻依舊握著劍，一次次的呼喊聖光，光亮卻越來越微弱。

「……OPEN。」她低聲說，卻只發出一點紅光，立刻熄滅了。

她不怕死。其實，在痛苦莫名的時候，她覺得死是一種慈悲。但不是現在，不該是現在。

她很自私，非常自私。她不要看聖死在她前面。

聖的背輕輕壓著她，一隻手臂軟軟的垂下來。「我設法轟開他們，妳趁機飛走好嗎？」

「……不要。」十三夜微聲，「我沒有力氣了。」

聖又揮劍砍殺，妖異的屍塊和體液紛飛，依舊前仆後繼。「那我得親手殺掉妳，毀掉妳的屍身。」他平靜而絕望，「他們不在乎妳會不會死。死人更容易操縱。」

或許這是比較好的結局。「下手吧！」

或許只有一瞬間，但聖舉起巨劍時，她「看到」了聖強烈而毀滅性的痛苦，像是被業火焚燒。

若我有勇氣死，為什麼要讓聖扛下這樣永恆的悲慟與罪業？

宛如迴光返照般，她手臂的尖刺嘩啦啦的洶湧而出，纏住聖的手臂、巨劍和全身，十三夜眼前浮現了龍史猙獰的面孔，並且與之同步。

開門，快開門。我要將他送到安全的地方去。

我命令你，立刻開門。

發出高亢的龍吟，在場所有的妖異如痴如醉，蹲伏於地。黑暗的漩渦噴湧，被吸進去的妖異哀鳴，撕扯成碎片。

十三夜帶著聖竄入黑暗漩渦中，急速泅泳。無須第二語言的輔助，原本的虛無之洋燦亮起來，她又見到那樣光燦的文字洪流，可惜命已垂危。

將他送到安全的地方。她注視著無垠，嗅到翠綠的芬芳，和癒者的故事。她恍然，為什麼誰也找不到聖女或聖子，因為他們不完全是人類或眾生。

有人類血緣的樹妖，有樹妖血緣的人類……隨便世人如何定義。他們種下花或樹，成為「聖子」或「聖女」，淨化抵抗這一切。

這是自然精靈的反擊。

一張臉孔注視著浮冰，和十三夜的目光相對。但她已經沒有力氣了，即將被洪流沖走，而星門還在她伸手不可及的地方。

她用僅餘的力氣，勉強伸長尖刺，舉高只剩一口氣的聖，將他投入星門。她發現自己已經癱瘓，無法鬆開尖刺。

這樣下去，聖會被她拖下來。用銳利的鯊魚牙齒咬斷尖刺，她的血液漸漸由紅轉翠綠，融蝕在無盡的海水之中，被捲入深深的海底。

她急速的下沉，聽到轟然的寂靜。在現實剝落的過去和回憶，種種的殘渣都匯集在此。無助的隨波逐流，被撕扯、翻攪，然後下沉。

蛇尾款擺的聲音，淒涼的龍吟。她無力的翻滾，卻看到自己的臉……或說是龍史的臉。

「還是不行。」創世之父抱著頭，「又失敗了。我以為拿人類的魂魄當動力就可以……我不要再困在這裡，為什麼我創不出一個堪用的領航器?!幾時我可以度過虛無之洋?!」

他大怒的將所有屍塊和失敗品掃入海中，卻沒注意到失敗品的手臂還會抽動。

沒有可著力的地方，她又被沖遠了。所有的聲音混雜，高到她無法忍受，她卻連摀住耳朵都辦不到。

直到淒涼的龍吟驟起，所有的聲音都沉默下來。

蛇尾款擺，猙獰又莊嚴的鬼神龍身從她臉上擦過。翠綠長髮，月琴。

動一動，孩子。動一動。我們生來就是要管轄虛無之洋，即使功能不完全。但我們不該溺死於此。

十三夜想伸手拉住那低啞的聲音，卻只抓到一把虛空。勉強翻身，她看到自己的影子。

不該溺死於此。

她款擺蛇尾，感到椎心刺骨的痛，可能有某些地方骨折了。但她還是本能的游向最近的星門，卻什麼也看不見。

瀕死的她已經失去了視力。能夠游進星門只靠一個強烈的執念……

不能溺死在此。

*　　*　　*

「……聽著，我們已經救了她的命，這已經太過頭了！我們不能在眾人面前曝露身分……妳不懂？絕對不能帶她走！」

十三夜的睫毛動了一下，但她無力睜開眼睛，她的身邊很吵，讓她的頭痛更劇烈。

別吵了。

「但……雖然形態不同，她也跟我們相同……都是『癒者』！你不能把她扔在這兒，殭尸流已經往這兒來了，在一兩個小時內！她到時候還不能保衛自己……」

「她跟我們不一樣。」那個男人惡狠狠的回答，「她是個怪物。」

「艾瑞克，容我提醒你，我們也都是怪物的後代。」那女子倔強的回他，「你和我，都是月桂樹的後代。」

「可莉兒，妳一定要跟我吵就對了。」艾瑞克吼起來，「妳瞧瞧這些骯髒的動物做了什麼?!我去年種下的月桂只存活了一棵，一棵！他們把這個世界蹂躪到這個地步，我們卻只能默默淨化然後等待等他們糟蹋我們更多的心血？」

「你們可以繼續吵。」一個蒼老的聲音響起，「然後坐等殭尸群到來。」他頓了一下，「接著，紅十字會的人會來。我不知道是殭尸比較糟糕還是紅十字會比較糟糕。」

「長老，別丟下她……」

「長老，她不是我們的責任！」

「帶她走。」長老嘆息，「寧可將她做花肥也不能讓殭尸奪走她的命。那是遠比死亡還糟糕的命運。」

十三夜的眼睛睜開一條縫，看到一張關懷的臉孔。溫潤美麗，黑髮黑眼。既不太像東方人，也不怎麼像西方人。

但他們說華語。

還來不及開口，她已經被像貨物一樣擲上車，車門一關，隔絕了大部分的光亮。看著自己的手，創痕累累，但已經恢復人形。她依舊感到虛弱，更糟糕的是，疼痛的感覺已經鈍了。

不知道是藥物的作用，還是她離死不遠。

這是輛貨車，擺滿了箱籠，充滿樟腦丸的味道。感覺上，似乎都是衣服，她甚至摸到幾個鍋子，或許還有爐灶什麼的……但她看不清楚。

撐到車窗邊，窗簾下的車窗有著鐵絲網。但陽光柔軟，空氣乾燥。

她靠在車廂喘氣，傷口的痛漸漸湧上來，她卻覺得心靈被撫慰一般。

我安全了，而且，我還活著。雖然不知道這些人是誰，但她像是身處陽光普照的森林，那樣生機蓬勃，什麼樣的邪惡都無法入侵。

精疲力盡的，她開始瞌睡，完全放鬆的。

*　　*　　*

她被粗魯的叫醒時，已經夜幕低垂。當她笨拙的爬出車廂，發現是個很小的聚落。穿著樸素的村民用不信任的眼光看著她，連小孩都一樣。

他們竊竊私語時是華文，但對她說話卻是用法語。

「……我是華人，來自列姑射島舊址。」十三夜怯怯的說。

村民的耳語停止了，往後退了好幾步，眼神裡的疑慮更深。

她的胸口被揪住，那個叫做艾瑞克的男人咬牙切齒的瞪著她，「……妳是哪邊派來的？妳怎麼會突然出現在災區？說！」

「艾瑞克，你能不能好好問？」可莉兒掰著他的手，「好歹是遠親，你幹嘛這樣？」

「誰跟這些骯髒的動物是遠親？」艾瑞克甩開可莉兒，逼著十三夜大吼，「妳是哪邊的間諜?!無蟲教嗎？」他拔出槍，指著十三夜的太陽穴，「說！」

「艾瑞克，放開她。」一個白鬚白髮的老先生排眾而出，「即使是俘虜，也該以禮相待。小姐，妳是怎麼來到尼斯的？妳為什麼會從湧泉中出現？」

尼斯？法國南部的尼斯？

她的運氣真好，沒去到異界，只是隔了千山萬水。

「我……我叫十三夜。」她硬著頭皮回答，「但我為什麼到這裡，是個很長很長的故事。」

長老仔細的看著她，好一會兒沒說話。「沒關係，反正妳不能離開，而我時間很多，可以聽妳慢慢說。」

長老耐性聽完十三夜的故事，雖然她說得期期艾艾，自己也搞不太懂，卻沒有打斷她。

他深思了一會兒，吩咐著，「把那個拿來。」

侍從小心翼翼的捧上一個罐子，十三夜手臂上的尖刺蜂擁而起，絞碎了鐵罐，並且吞噬了一個極小的碎片。

晃了兩晃，十三夜昏了過去。她的防護系統可能恢復功能了，但她的體力可沒有。

「……這讓我想起某種兇惡的肉食性植物。」長老搖頭笑著，「無蟲教不會有這種人，好好照顧她吧！」

長老待她的態度緩和許多，卻不讓她離開。雖然沒有拘禁她，但未得許可，她也無法離開這片森林。

這是個非常排外的小村莊，後來十三夜才知道，這也不是他們的原住地。殭尸摧毀了他們的鄰村，卻忌憚的不敢接近他們的村莊，形成一個疫病區的「綠洲」。

但紅十字會的科學家煩擾他們，讓他們悄悄地舉村搬遷，過著吉普賽人似的生活，好不容易才在這山區落腳。

而他們會躲避紅十字會，也是因為他們與生俱來的祕密。

遠在三百多年前，為了逃避中國大陸的戰火和追捕，有群樹妖移植到法國南部。而植物系的妖怪原本就不適合移居，這場遷徙死了大半的族民。僅存的少數樹妖與人類或眾生通婚，留下血脈，後裔成了一個普通又奇特的聚落。

普遍長壽，但也不引人注目。躲過了災變和疫病，甚至躲過了裔的篩選。保留語言和一點點風俗，以及這個重大的祕密。

但他們生來就喜歡植物，普遍都有「綠手指」。許多有名的園藝家都出自這個聚落，甚至有些年輕人會到處旅行，種下樹木或花苗。

這些樹木或花苗，特別受到自然精靈的眷顧，成為「聖女」或「聖子」。

「可以的話，我們不想要這種宿命。」可莉兒解釋，「但我們若旅行到某片土地，種下樹苗，就可以保住很多人或動物的命。就算不喜歡，但……還是得做。」

「我明白。」十三夜有些蕭索的笑笑，「只有你們嗎？」

「我旅行過很多地方。」可莉兒聳聳肩，「發現有些普通人也有這種天賦。這大概就是世界沒被死人占據的主因。」

「這是自癒功能。」十三夜喃喃著，凝視著碧藍的天空。

這世界，是活生生的。或許生了重病，奄奄一息，但還是想要活下去。就像病毒入侵了人體，人體的免疫系統就會起作用，產生許多噬菌體和各式各樣的抗體，不管能不能病癒，都會奮力抵抗到最後一刻。

她按在大地上，像是可以感受到「她」的脈動。

麒麟說，我是噬菌體，對嗎？

「你們害怕嗎？我是說，你們幾乎跟普通人類一樣……天賦幫不了任何忙。要抵抗殭尸和無蟲教……害怕嗎？」十三夜輕輕的問。

可莉兒輕笑，拍了拍她的槍。「玫瑰花兒也是有刺的。我們不欲顯揚於世，並不等於我們是膽小鬼。」

是的，我們是這世界的噬菌體和抗體，我們所愛的人都生活在此。

「教我怎麼戰鬥，可以嗎？」十三夜微笑，充滿勇氣的。

她開始和這群自稱「癒者」的人一起生活，同時療傷，雖然花了許多時間才得到認同。但她在這裡學到戰鬥技巧，以及許多與植物有關的知識。

不知道聖怎麼樣了？

妹喜在列姑射失利後，發瘋似的引爆了戰爭。她不在乎教徒的生命，被感染的教徒又沒有退路，只能勇往直前，並且感染更多人。

恐懼才是最鋒利的武器。許多政府軍因為無法控制的感染投降了無蟲軍，最少他們有聖水讓病毒零休眠，不會馬上變成殭尸。

四十年的重建，不到四個月又受到重創。戰火延燒，全世界都在戰火中。

這是我的錯嗎？是嗎？十三夜不斷問著自己。我若如她所願，是否可以讓這一切的損失減到最低的限度？

「我現在能明白海倫的心情了。」她對自己苦笑，「特洛伊戰爭不是她想要的，她什麼也沒做，也做不了。」

就算殺死妹喜又怎樣？無還是存在，她會再選一個野心勃勃的人，直到她的目的達成。

但最少能拖一點時間。

模模糊糊的，她知道，不是妹喜，就是她。能和無共生的人並不是那麼多，無似乎還沒進化到可以在地表待太久。除非和病毒體共生，或者是某個人。

一下子失去兩個合適的宿主，要花很長的時間才能找到另一個吧？

她的傷已經完全痊癒了，也危急到不能再拖延。

「其實，我不想死。」她喃喃自語，「我想活下去，我想跟聖在一起，直到白髮蒼蒼。但……我無從選擇。」

她回頭看了一眼寧靜的小聚落，迅速的妖化，隱沒在一滴即將墜落的露珠中。

第九章　夜來悲歌

他狂吼著醒來，冷汗涔涔。

十三夜猙獰的鬼神面容仰望著他，最後自斷尖刺，讓黑暗的狂流捲走。

失去她了，甚至連好好說再見也不能。她受傷那麼重，幾乎要死了，還用僅存的力氣妖化，甚至泅泳過險惡的虛無之洋，將他送到安全的地方。

那她呢？十三夜呢？

一想到她的屍身將永遠在虛無之洋漂流，沒有安息的一天，聖痛苦得直想將自己撕碎。

為什麼我還活著？

當他被夏夜的大師傅拯救後，無時無刻不吼這一句，「為什麼我還活著？」

最後大師傅不得不用咒法將他束縛起來，不然他不但會傷到別人，也會傷到自己。

等他和柏人會合的時候，傷勢已經復原得差不多了，表面上也平靜下來，但心靈的傷害……沒有人知道。

「發光的，」柏人抬抬下巴，「我在這兒拚死拚活，差點讓無蟲教徒抓去熬湯，都沒你難看。你現在不但沒光，還黑得跟醬油一樣。」

「……哪邊的災區需要清理？」他抬頭，眼底有著黯淡的死氣。

「聖叔叔，你還需要休養。」林靖溫柔的勸著，「大師傅送你過來是因為這裡比較安全……」

「哪邊的災區需要清理？」眼底的死氣更盛。

柏人扔了份地圖給他，不顧林靖的瞪視。「圈起來的地方。需要多少人和武裝？」

「不用。」他抓起劍，就出任務了。

他一定要做些什麼，才能平復這種心痛。說不定得自己死了才可以。他肆無忌憚的妖化，漆黑的三對翅膀像是死神的宣告。

他的手段非常殘酷，比起過去的柏人有過之而無不及。時時有隊員被他誤傷的投訴，但柏人只叫其他隊員離他遠一點。

「……我擔心聖叔叔。」林靖很焦慮，「他妖化越來越深了！有些時候回來好久還沒辦法恢復人形……他再這樣下去，總有一天……」

「成魔？」柏人仔細看著報告，漫應著，「那就得把他編去眾生小隊了。」

「柏人！」林靖對他吼。

「妳不懂啦，發光的是個男人。女朋友生死不明當然傷心，他又不能哭給妳看。讓他去吧，他又不是別人，他是發光的。發洩夠了又沒死，就會痊癒了。」

林靖瞪了他一眼，轉頭看看被火光焚燒的天空。「……如果我失蹤了呢？」

「沒有失蹤這回事。」柏人頭也不抬，「活著就會找到人，死了就會有屍體。」

「如果找不到呢？」林靖沒好氣。

「那就一直找下去。」

「一直找還是找不到呢？」

柏人終於抬頭，揉亂她的頭髮。「直到找到妳的人或屍體為止。問什麼笨問題？好了，我要出發了，別亂跑。」

「……你就不能說句好聽話嗎？喂！柏人，你這大笨蛋……喂！」林靖在他背後嚷。

柏人只朝後擺了擺手，連頭都沒回。

東南亞的戰事結束了。無蟲軍被徹底瓦解，這場戰爭起了很好的模範效果，十三夜的血經過實驗室的複製和精製，大量的運用在武器上，不但有效的粉碎了無蟲，也抑制了災區的感染。

雖然損失不可謂之不慘重，最少是個理想的開始。

循著相同的模式，被妹喜點燃的戰火，將有被熄滅的希望，或許需要五年、十年，但戰爭終究有停止的一天。

望著狼藉的戰場，聽著同袍的歡呼，聖卻沒有高興的感覺。或許在十三夜死去那天，他就失去了歡愉的情感。

掌心還留著她的餘溫，她微帶悲慼的微笑，似乎還在他的眼前。

戰爭結束了，十三夜。將來我們會消弭所有戰火，以妳的血。

但這一切，還是不能讓妳復活。

不過，我還是會舉起我的劍。為了不讓別人也遭逢我相同的痛苦。我將親手斬下妹喜的頭顱，為妳血祭。

但他不曉得，還活著的十三夜，並不知道東南亞戰爭獲得勝利。她優游過整個虛無之洋，在無數繁星中尋找通往妹喜面前的星門。

並且尋到躲避禁咒師追殺的妹喜本命，與之面對面。

那是一個撼動全世界的日子。

* * *

有些事情不對勁。

妹喜陰沉的躲在愛爾蘭的巨石柱下，發現她的分身又不經召喚自動回歸，而且無法分身出去。

地底陰溼，遠古的魔法深入土壤，即使經過末日也沒有泯滅。魔法遺跡干擾所有追蹤，連禁咒師都被迷惑，沒能追來。

但她的分身卻源源不絕的回歸，無法控制。她討厭這種無法控制的感覺。

運了運內息，她只覺得精力澎湃，和她共生的無非常安分，並沒有絲毫異樣。

當然，她不在意戰爭輸贏，不在乎軍隊折損。

真是愚蠢的願望，蠢透了。擁有如此毀世巨能的無，進化到有智慧後的渴望居然是成為「神」。蟲子就是蟲子，蠢得可以。

這種殘破到幾乎崩潰的世界，獲得再大的權力有什麼用處？但沒關係，她也只想利用這些小蟲而已。

周朔將她逼回人世以後，吸血族上司對她的獨斷獨行和失敗憤怒異常，不但將她毀容斷肢，還把她關到暗無天日的地底，形同活埋，還差點在末日的時候死了。

幸好她還懂得龜息，留住最後一口氣。不知道埋在地底多少年，進化到以白蟻社會形態的無向她提議，與她共生，到地面去，讓「無」成為新時代的神。

她想也沒想就答應了。如果沒有發現那隻醜陋的怪物，說不定她會認命在這破爛世界成就無的願望，共生的她也可以獲得一點淒涼的崇拜。

但有那隻醜陋的怪物，她就有希望離開這片廢墟，離開這些討厭的蟲子，離開這些隨時會變成殭尸的人類或眾生。

離開這片充滿屍臭味的爛地方。

分身還在拚命匯流回來，不受控制的。真的有些什麼不對勁。

其實一切都不對勁了。她為什麼會這麼做呢？幾乎是沒有組織的發動戰爭，歇斯底里的。對，她很生氣，很對。但她為什麼會氣到失去理智，發動這種沒有意義的戰爭呢？

戰線太長，幾乎都陷入泥淖中。恐懼雖然是利器，但也很薄弱。正規戰爭不是這樣的……等最初的恐慌過去，她的軍隊會因為補給不及而軟弱下來，訓練不足的教徒也很快會被擊破。

為什麼我會發動戰爭？時機還沒到不是嗎？我精心策劃這麼久，為什麼會急著毀滅這一切？我甚至親手毀了整個海盜團。

那可是她重大資金來源，她的實驗心血。她甚至不可遏止的衝到禁咒師面前，將寶貴的本命曝露在極度危險中。

我在做什麼？

最後一個分身回流。

她心底雪亮，這幾十年苦心都完蛋了。沒有分身指揮的軍隊群龍無首，她的資金來源被自己切斷，而她要抓的怪物，還是沒有到手。

只剩下她自己，什麼都沒有了。

完全都不對了。

鐘乳石的水滴緩緩流下，濺起珠玉般的水滴。

妹喜驚愕的看著從水滴中湧現的十三夜。那隻怪物緩緩睜大宛如爬蟲類倒豎瞳孔的金色眼睛，銳利的牙齒閃亮。如鬼神般莊嚴猙獰，並且蛇身人立起來。

或許還沒有失去一切。「我的小寵物，」妹喜露出狂喜的笑，「乖乖回到我這裡。」

「然後妳會終止戰爭嗎？」她手臂的尖刺飄揚，像是無數飄帶。

「我會，我會！」妹喜急著保證，「只要妳順從我……」

「這似乎是最好的辦法。」她蜿蜒游近妹喜，「但是……」

「沒有什麼但是！」妹喜發怒了，「服從我！不然我就毀了這個世界！妳知道我辦得到！」

十三夜笑了一下。「但將妳這樣的禍害送到其他世界，我的良心過意不去。」

妹喜變色，但十三夜已經張口噴出天火。她緊急的一閃，雖躲開了致命的火焰，卻熬不住這種高溫。

我？熬不住高溫？

妹喜像是一道閃光般從地底衝出，衝垮了巨石陣，回到地表，驚疑未定的瞪著黝黑的大洞。

十三夜慢慢的爬出來，瞳孔裡滿是殺意。「我未必打得過妳。」她雲從風生的飛起來，宛如人身紅龍，「就算是死，也要拖妳陪葬！」

妹喜的怒氣陡起，捲起了百里陰霾，並且伴隨著隆隆雷聲。她讓怒氣淹沒，再也意識不到什麼。

一紅一白兩條火柱衝破雲霄，許多人都以為是核彈爆炸。

等發現是無蟲教的教皇妹喜和條陌生人身紅龍時，馬上驚動了附近的媒體，他們不要命的盡量靠近，還把影像傳播到全世界。

聖驚愕的看著電視。她還活著，十三夜還活著。他轉身奔出去，搶劫了一台戰鬥機就疾飛而去。

所以，他沒看到十三夜和妹喜的對戰，當然也沒見到她們將神通發揮到極致。

十三夜的天火已經無須喚名，只需要意念就可爐火純青，她的戰鬥技巧明顯好了許多，但還是比不上有無數生死經驗的妹喜。

即使委身許多異族，甚至轉生為吸血族，又與無共生，但她已經活了非常非常古老的歲月，擁有非常純熟的戰鬥經歷，並且吸收了各異族的長處。

啞鳳的翅搧出強烈的焚風，而出身正統道家使她嫻熟於雷法。與無共生更讓她快速的癒合傷口，所有的創傷如水過無痕。

十三夜即使可以克制傷害無，但需要時間吞噬消化，妹喜當然不會給她寶貴的時間。

好幾次，十三夜被雷打進地底，夷平丘陵，還是忍痛爬出來，再次噴出天火，揮出長鞭似的尖刺，卻徒勞無功。

若不是妹喜還需要她的天賦，手下留情，十三夜搞不好死好幾次了。

她歪歪斜斜的飛在空中，發出威嚇的嘶聲。額頭的血潺潺的流下來，讓她幾乎看不清前方。

世界只剩下一半是清晰的，但她無法止血。

其實沒有關係，真的。十三夜想。只要她能靠近妹喜一點，她就會把手伸進那女人的咽喉，把血灌進去。她的血是無的剋星，而妹喜和無共生。

到時候，她將拖著重創的妹喜一起到虛無之洋。沒有她的領航，妹喜只能死在那兒，永遠漂流。當然她也會死，但沒關係，她替這世界爭取了一點時間。

聖所存在的世界。掙扎著想存活、活生生的世界。

我不想死，真的不想。她鼓起餘勇，盤旋飛馳，試圖靠近妹喜一點，祈禱不要再被她的雷打中。

但妹喜突然不動了。她姿態凝固，仰首看著十三夜，露出極度恐怖的神情。

陷阱？抑或是……奇蹟？

十三夜沒有時間細想，手臂上的尖刺擰轉如利刃，揮向妹喜的頸項，原本頑強恐怖的敵人居然讓她砍下了頭顱。

徹骨寒風穿透了十三夜的身體，讓她幾乎結凍。在地上滾動的頭顱張了張唇，像是想說什麼，卻迅速的枯萎乾扁，迅速的化為粉塵。

強烈的寒冷滲入了她的頭腦和心，讓她有瞬間完全無法思考。心臟有個地方麻痺而森冷，像是凍死了。

如雷的歡呼聲讓她茫然的抬頭，有那麼一會兒，她無法辨識眼前的人，全是模糊一片。她分辨不出聲音和臉孔，不讓人碰她。

過了幾分鐘，她的妖化就徹底消失，神智才恢復過來，沉默的接受了醫療。

我不用死，我辦到了。但她卻沒有歡喜的感覺，只有一片空洞與茫然。

聖趕到時，十三夜已經進了醫院，他狂喜的抱住十三夜，她卻掙脫開來，眼神冷酷得不似人類。

「十三夜？」他輕呼。

聽到自己名字，她的冷酷漸漸褪去，然後是困惑，繼之悲傷。「……你好嗎？聖？」

「……沒有妳，我一點點也不好。」聖湧出淚。

她慢慢的偎向聖，眼淚奪眶而出。「我們都活著，我們都還活著。」

聖緊緊擁抱她，喃喃的讚美聖光。

但十三夜沒有告訴他，他的讚辭讓她作嘔，甚至胸前不曾離身的舊十字架，也像是要將她灼傷似的。

* * *

十三夜央求回列姑射島，被視為女英雄的她任何要求都會被滿足的。她被以元首禮遇歡送，沒人計較她變身後恐怖的模樣，也再沒有人覺得她其貌不揚。

她被崇拜、讚頌。尤其是妹喜死後，所有的疫病和傳染都終止了，更讓她的聲望達到史無前例的最高點，甚至有人稱呼她女神。

但她卻顯得冷漠、疏遠，常常要求獨處。醫生卻檢查不出她有任何毛病，相反的，她還非常健康，傷口癒合的速度遠遠勝過任何特裔。

但她越來越悶悶不樂，遠離人群，以各式各樣的藉口。後來她接受政府的邀請，離開紅十字會，和聖的連絡越來越少，終至斷絕。

聖去她的豪宅拜訪，她的僕人客氣而禮貌的告訴他，女主人身體不適，不能見客。

但他悵然，準備離去時，卻看到十三夜站在樓上的落地窗，淒涼的望著他，眼底充滿悲傷和痛苦。

招了招手，十三夜遲疑了一下，還是打開落地窗跳了下來，撲入聖的懷裡。

「……到底怎麼了？」聖輕輕的問，緊緊的抱住她。

「我不知道。」十三夜細聲，「聖……有些什麼不對勁了。我對什麼都提不起興趣……好像整個世界都褪色了。」

「我帶妳回紅十字會，醫生會治好妳。」

「不！」她意外激烈的喊起來，「絕對不要！」十三夜摀住臉，「不不不……會發生可怕的事情、可怕的事情……」

聖再三追問，十三夜卻只是搖頭不語，過了一會兒，漸漸平靜下來。

「發生……太多事情了。」她平復呼吸，「我……我害怕實驗室。或許再過段時間我就沒事了。你知道的……說不定紅十字會還有無蟲教徒，說不定，無還想抓到我。」

「妳在這裡不會比較安全。」聖很憂傷，「而且，我幾乎見不到妳……也沒有妳的音訊。」

「我很好。」她低頭輕笑，卻沒有歡意。「我現在是世界的女英雄、新女神呢。政府會傾全國之力……保護我。」

有那麼一瞬間，聖覺得十三夜很陌生。但她抬頭，神情脆弱哀傷，又是熟悉的她。「別擔心我。」她輕輕的說，「我會好的……只是需要一點時間。」

緊擁一下聖，她走回住處，一步一回頭。聖還想說些什麼，但觸及她悲感的眼睛……或許有一天，她願意告訴我。

十三夜倚門跟他揮別，注視著他魁梧的背影漸去。其實沒有怎樣，對嗎？她應該是使用過度能力，所以感到透支、疲倦，對嗎？

所以她現在無法妖化，操控文字時時失控。事實上，她連閱讀文字都有點問題，更不用提寫了。而且情形越來越糟糕，連回信給聖都有困難。

這些都還不是她最擔心的。她更害怕的是，內心壞死的那一塊，越來越擴大，像是一點一滴吃掉她的情感。

她焦慮不安，卻發現連焦慮都越來越麻木，情感像是帶了白手套。她要求做全套的健康檢查，從生理到心理，但她一切正常。

而她的遲滯也越來越長，往往清醒過來發現自己說了不該說的話，做了不該做的事情。

只要與人接觸，她就會變了一個人。一個積極進取、甚至有點跋扈的人。但她偶發的霸道卻被解釋成直率，跋扈卻被解釋成有個性。她的面容在新聞或雜誌出現，政黨都在拉攏她，甚至有人提議她當總統候選人。

這太可怕了。

為了害怕自己做出什麼，她越發離群索居，將自己拘禁在這棟美麗的豪宅，卻連房門都不出。她得克制自己想出去的衝動、想說話的衝動……

愛慕虛榮的衝動。

等她能壓下這些衝動後，她發現自己無法成眠了。當她躺在床上時，原本以為的寂靜，事實上是由無數細碎得幾乎聽不見的喃喃所組成。這些聲音日以繼夜，每天每天的折磨著她。

這是無的詭計嗎？她日漸遲鈍的思考痛苦的轉動的。

但她的防護系統沒有啟動，醫生也發誓她沒受到半點感染。

她的肉體很健康，但她的精神飽受折磨。她的痛苦無從訴說，心理治療起不了半點作用，藥物也無能為力。

理智的清明角落越來越小。我要發瘋了，我快要發瘋了。十字架越來越重，但她還是沒扯下這條項鍊。

或許就是這重量提醒她僅有的清明，也許就是因為她還深深愛著聖，雖然也越來越不敢見他。

他的強光讓她無法直視，和他相處的每一秒都像是酷刑。像是點燃靈魂的業火，從裡而外的灼傷。

十三夜開始磨刀，一把漂亮的小匕首。總有一天，她會用上的。終止可怕的事情……或是成為可怕的開端。

戰爭沒有結束。她模模糊糊的想著。或許對她而言，戰爭永遠不會結束。

* * *

終於，一切都就緒了。

她寫了封信給聖，邀他來吃晚餐，讓所有服侍她的僕人放假。然後洗了個很熱的熱水澡，享受的瞇上眼睛。

從浴池裡起身，欣賞的看著鏡子中的自己，如第一次所見般。緩緩的，她開始化妝，純熟的像是做了幾千次。

微偏著頭，她看著鏡中的臉，一半的臉在笑，另一半的臉卻流下眼淚。她用指腹輕輕的拭去，謹慎的不弄壞她的妝，然後送入繪得豐艷的唇中。

苦澀的鹹，卻帶一點脂粉的甘香。

她不在意這一點點不平衡，這是小事。很快的，不平衡就會消失。摸起那把精緻的小匕首，插在大腿的刀帶中。刻意挑件純白的低胸禮服，一個小時後，就會有豔麗的紅增色。

一一點上餐桌上的蠟燭，這或許就是所謂古典的浪漫。在妹喜身上是得不到這種享受的……她太狡猾、污穢而貪婪，難以駕馭。

不像現在的宿主。這麼簡單、純真，容易被傷害和吞噬。

走到書桌前，幾封漂亮的信靜靜的躺著。她不喜歡e-mail，而喜歡這種可以摸到文字的感覺。優雅的用裁信刀劃開信封，靜靜的讀著。

有個政黨邀請她入黨，並且聲明會保她上總統寶座。人類真可愛……心思淺得跟個碟子一樣，一目了然。全世界的女英雄成了國家領袖，這小島的國際地位當然一飛沖天。

也罷。小國要治理得宛如天堂容易點，也更容易得到尊敬和崇拜。踏著這個國家當第一階，她大約可以往上爬上去，直到頂端，掌握一切，成為神。

統治所有的「有」，還是唯有「無」。

她不急著簽下自己的名字，先看看有沒有更有利的條件。然後她摸到一個沒有署名的信封，卻慘叫的甩開。那個純白的信封湧出烏黑的文字，讓她的左手發黑。

正要推倒燭台燒了那封信，她的右手卻不聽話的抽出匕首，劃破了信封，那張普通的信紙飄飛起來，並且滾出一顆玉石，緊緊的抓住她的視線。

每個人都有個真名。而十三夜的真名由玉石組成。王琬琮，從姓到名，每一個字。

「讓我為妳說個故事。來尋我。」

十三夜大夢初醒的看著手裡的匕首，和烏黑的左手。她頭痛欲裂，細微的喃喃突然高亢到幾乎爆炸，她有一小段時間陷入全盲和全聾中。

她痛苦的大叫，抓著匕首想送入咽喉好結束這種悲慘。但文字化成語言，穿透這些驚人的噪音，低低的說，「讓我為妳說個故事。」

疼痛漸漸褪去，她的右手一片濡溼。為了阻止自殘，她用右手抓住刃身，鮮血不斷的滴下來。

他回信了。她不斷的吸著氣，閉著眼睛想忍住潸然的淚。他回信了。在我幾乎殺掉聖或殺掉自己的時候，回信了。

左手的烏黑蔓延到肘彎，然後頑強的停住。

「妳不想聽？」十三夜自言自語的，「但我想聽，我很想聽。」

試著妖化，但她的身體強烈抗拒。不要緊，那不要緊。不能飛，她還能走，還可以開車，把自己撞死，或到目的地。

就算是用爬的，她也要爬到那個人的面前。

因為……他要為我說個故事。

第十章　遠颺

當她像抹幽魂般出現在精神病院的雪白病房時，眼前這位瘦弱的作家卻沒有露出驚駭的表情。

低語綿綿，細浪似的退開。房中看起來只有兩個人，但她下意識的知道不僅於此。她缺乏看到人魂的能力，但可以感受到一點點。

或許什麼都嚇不到他了，那個名為姚夜書，卻從災變中存活到現在，長生不老的發瘋小說家。

「我收到你的回信。」她聲音粗啞，美麗的晚禮服已經破破爛爛，沾滿血污。這不是趟愉快的旅程，能夠走到這兒除了意志力，還有不可遏止的怒氣。

夠了，真的夠了。讓這一切都個結局吧。

姚夜書放下書本，卻只微偏著眼睛看她。眼白帶點血絲，瘋狂的痕跡。

他咯咯的笑起來，無人的幽室騷動戰慄，連十三夜都得抓緊前襟才勉強提得起勇氣，不轉身逃走。

「無的剋星卻被無附身，該說無很聰明，還是我的親戚很笨呢？」他淡淡的問。

隱隱的怒氣翻湧，不可遏止。「……這種宿命，又不是我想要的，又不是我想要的！」十三夜怒吼，所有理智都消失無蹤，被暴虐徹底統治。她撲上去掐住姚夜書的脖子，膝蓋頂著他的胃，右手舉起匕首。

就在她即將把匕首插入姚夜書眼窩時，掛在頸上的十字架映著月光，閃爍了一下。她吸氣，顫抖，淚下，將匕首扔得遠遠的，掩住自己的臉。

「……為什麼不阻止我？為什麼不乾脆殺了我？」她跪倒在一旁，聲嘶力竭的大哭起來。

姚夜書躺在地上，平靜的回答，「我想知道妳還有沒有救，值不值得聽我的故事。」

她發抖得更劇烈，將頭抵在地板上。「……殺了我。我早晚會做出可怕的事情……」

夜書緩緩的坐起來，按著她的肩膀。「讓我為妳說個故事。一個……原本我看不到的故事。我不該活這麼長，就不會遇到妳，然後看到另一個受盡折磨的史家筆。」

他的眼白，在漆黑的斗室，顯得冰冷而燦亮。

夜書為十三夜說了一個很長很長的故事。一個遠古生物的血緣，意外的在後代復甦的故事。諸多巧合和意外，讓原本不該甦醒的能力甦醒，因而困頓痛苦，為了不該有的能力苦痛不已。

直到她和妹喜在一無所覺的情形下，中了「無」的精緻陷阱。一場撼動世界的好戲，一位嶄新誕生的女神。

「……我沒有被無感染。」十三夜微聲說。

「她感染的是妳的靈魂。」夜書沒有笑，眼神的焦點模糊，「妳的陰暗、不滿、自卑，和渴望。」

所以，是我給她一個溫床？給她可以猖獗蔓延的溫床？

「……然後呢？」她容顏扭曲，妝淚瀾漕。

「我不知道。」夜書微偏著眼看她，「妳是另一個史家筆，妳的故事實在不歸我管。我也想知道，『後來呢？』」

後來？我使用文字的能力已經不見了，我什麼也辨不到，我……

十字架又隨著月光一閃。她望著柔和的光，萬籟俱靜。真正的寂靜並不是沒有聲音。她聽到樹梢飄動，紡織娘的歌，星星的移動。

一起一伏，大地的呼吸。這個世界的呼吸。

千門萬戶的人類和眾生，無數動物和植物。自由的生育和死亡，坦然的。

她最愛的人，專注的神情，伴隨著他的強光，和漆黑的翅膀。

流著淚，她笑了。抬起頭，她看到無數文字，發出明亮的歌聲，如星河般流動著。

「我知道後面的故事，我知道。」交握著血污雙手，她湧起一個美麗而溫柔的笑，「無不該採取白蟻社會形態的。這樣，他們的白蟻后，統一的主意識會被封印在我體內，無法輕易轉移。而我，將會將他們的白蟻后帶到虛無之洋，讓無數文字洗滌。」

唯有無可以吞噬無。或許，這是一種辦法，卻不是唯一的辦法。讓文字浸潤透了，無也不再是無了。

她的頭痛得幾乎要裂開來，十三夜都懷疑會不會噴出腦漿。但她忍受痛苦這麼長久的時光，早已經學會如何共存了。

握著十字架，「願聖光與我同在。」她開始妖化，變形的部位迸出血花，但她還是笑著。

這樣猙獰可怕，卻又莊嚴肅穆。夜書靜靜的看著她，輕扶著她的臉。

「……可惜我不能好好跟他說再見。」她哭著，同時微笑。「可以代我轉告聖嗎？他是我此生最美好的禮物，照亮我原本如長空的黯淡。」

「妳何不自己告訴他呢？」夜書握著她有著雪白利爪的手，「當妳歸來的時候。」

「……我會歸來。」她緊握夜書瘦弱的手。「謝謝，這是個很美好的故事。」

洋。

她轉身縱入迴旋著黑暗漩渦的電腦螢幕，蛇尾款擺，矯健優美的優游在虛無之

創世之父的實驗沒有失敗，但他太心急了。他的創造物需要時間才能完熟，甚至在人類或眾生的血緣中焠煉過。

她會歸來，而且不會只有一個人。但那會是很久以後的事情了。

跪倒在地板，姚夜書不斷的吐血。窺探別人的人生必須付出代價，尤其是另一個史家筆，那可是得付出好幾百倍的代價。

更不要提，勉強的去看她的未來。

但很值得。在醫生和護士驚慌奔走，維生儀器發出急響時，他模模糊糊的想。

他就是沒辦法遏止自己的好奇心，就是沒辦法。

沒辦法錯過這個親人，背負不幸宿命的另一個史家筆。

我親眼看到妳了，龍史。在另一個子嗣身上，妳的女兒。

就算因此死去，我想我也可以帶著微笑。咯咯咯咯。

＊　＊　＊

她翠綠的長髮在風中飄蕩，背影宛如一隻人魚。像是察覺了他的注視，她偏過頭，露出猙獰的微笑。

卻是他最想看到的面容。

漸漸轉變，成了十三夜人形的臉。她的聲音像是非常遙遠，還帶著寧靜的氣泡。

這樣，比較方便吻你。

她的唇柔潤，有著淡淡的、水般的滋味。透明而純淨，潤澤的氣味。

然後他醒了，懷抱空虛。但他知道，十三夜並沒有離開，他們還是在一起的。

穿衣鏡上反寫著許多文字，他調整另一個穿衣鏡的角度，開始抄下每一個字。

這就是十三夜的日記、情書。用一個鏡面的空間，告訴他一切安好，並且想念。然後他會在鏡面上寫他的回信，如此往返，已經過了兩年多。

這大約是有史以來最遠距離的戀愛了。但其實他覺得很幸運，因為每天十三夜都會入夢來，而且進步到可以聽到聲音，甚至有觸覺……雖然感覺還很薄弱。

但他相信，總有一天，感覺會漸漸加深，深到足以讓十三夜歸來。在那天之前，他希望這世界已經完全褪去無的陰影，讓十三夜用笑代替眼淚，以歡欣替代痛苦，可以無憂無慮的行走在陽光下。

或許要十年、二十年，三十年或五十年。說不定等她回來時，他們已經成了白髮蒼蒼的老先生和老太太，或許離安息日不遠。

但他要不好意思的承認，即使十三夜離開他，遠赴虛無之洋。但戀情依舊與日俱增。也說不定，他們更親密，更離不開彼此。

他離開了紅十字會，引起一場雞飛狗跳。但他相信特機二課有阿默和柏人，挺得過去的。何況林靖也心不甘情不願的加入，一郎和駟貝也還在。

反而儲備中的法學院，很缺乏戰鬥系的老師，他剛好可以補上這個缺口。水曜師傅在大戰後不久就病逝了，他更責無旁貸。

和無的戰爭會是長期抗戰。雖然十三夜帶走了無的白蟻后，引起無蟲群的慌亂，但這不會太久。就算這代不會動亂，卻不能保證下一代能倖免。

傳承的知識才是他們最好的武器。

揉了揉後頸，他這一天的工作算是結束了。他散步到河邊，流水潺潺，自然精靈漫不經心的嘩笑。

沿著河岸漫行，番石榴花散發酸甜的清香。

相對虛無之洋，這河太清淺。但不知道為什麼，他總覺得這裡離十三夜最近。像是和她並肩同行，撿拾著河岸美麗的石頭。

聽到身後的聲音，他回頭，禁咒師笨手笨腳的從九頭鳥身上爬下來，還踩到一顆溼滑的石頭摔了一跤。

聖忍不住笑了出來。「……我越來越懷疑你是冒牌貨了。」和英俊一起扶起明峰。

他揉了揉鼻子，「大家都這麼說。」

並肩漫步，少年似的禁咒師還會踢踢石頭。「法學院還順利嗎？」

「還好。」聖點點頭，「明年會招第一批新生試讀。英國那邊聽說開始招生了？」

明峰的臉孔有些扭曲，「……騎著掃把剪綵實在難度很高。」

聖朗笑起來。「沒辦法，有禁咒師加持，大家比較有信心。」

他無奈的聳聳肩，「……我當時多用點心在學院就好了。水曜老師也不會……」

「你只有一個人，怎麼可能顧全？」聖很平靜，「只靠首領處理危機，不是組織的常態。」

「現在好多了。」明峰大大鬆口氣，「終於步上正軌了。」

「然後會越來越官僚化，硬邦邦的像是不會轉圜的石頭。」聖打趣著。

「喂！不然你想怎樣啦?!」明峰也笑了，「喔，對了，姚夜書終於可以離開加護病房了。」

「埋了？」

「你覺得可能嗎？割掉了一個腎，半個胃。但沒有原因的潰瘍和內出血停止了。但他不肯說為什麼會這樣，醫生也查不出病因。」

我知道為什麼。窺看另一個史家筆是得付出代價的。聖默默的想著。十三夜告訴過他。

但他終生感激姚夜書，並且願意為他赴湯蹈火。

「請幫我跟他說謝謝。」

明峰奇怪的看著他，「你們怎麼這麼神祕兮兮？是有什麼事情瞞著我？快說快說！」

「這不是我可以說的故事。」聖輕笑，「等十三夜回來，讓她告訴你。說不定還會附贈很多有趣的故事。」

「你很想念她。」

「就像你想念麒麟。」

明峰有點不高興，「我才沒有想念麒麟！那混帳還欠我一張畢業證書！」他開始罵，聖笑笑的聽，他們身後的英俊聳了聳肩，可見是聽得熟慣。

夕陽西下，金光染遍河水，層層然若流金歲月。

他們並肩望著潺潺流水，各自湧起不同的思念。明峰坐下來，取出古琴，調了調弦，在這黃昏時刻，悠揚著。

像是要抵達天聽般，直到無盡彼岸之遠，安靜的花香隨之飄蕩。

隱約的琴音讓她停下腳步。還有細微的幾乎嗅不出來的花香。

翠綠長髮飄蕩，海水輕吻著她的腳踝。

極目四望，她卻看不到什麼。在這異界異鄉，她卻聽到故鄉的琴音、故鄉的花香。

遨遊在虛無之洋已經過了人世的兩年多。若不是她夜夜返回聖的星門，或許她會失去時間感。事實上，虛無之洋是沒有時間的，唯有踏進某個星門，時間才會開始作用。

自從發現人世的「無」無法在異界發生作用，她就如同古老的遠祖一般，在異界中漫遊，聽故事，或說故事。

或許他們這族血脈生下來就註定漂泊無根，只能逐文字而居。只是她巡邏的範圍比較大而已。

每個日出，在異界彼岸登陸，吟唱或聽聞許多詩歌，然後在每個日落，回返虛無之洋，安靜沉眠，展開另一段的旅遊，試著和聖可以十指交握。

不斷漂泊，但她已經安於這種動盪的命運。她還是會頭痛，陰沉，暴怒，在虛無之洋的時候。但她頭痛越來越輕，雖然減少的速度這樣緩慢。

但每天一點點，或許在她有生之年，可以將無填滿，還有機會回到聖的身邊。

試著歌唱，不管是虛無之洋，還是夢境之海。她發出類似鯨魚的歌聲，撫慰著每個文字，和迷失者、旅人。

或許你也聽到過她。

* * *

虛無之洋是她的轄區，夢境之海則不是。

但她善於泅泳，這一點也難不倒她。每夜每夜，她還是可以準確的找到聖的夢境，除此之外，她無法入侵其他人的夢境。

或許有一天，她也能夠如虛無之洋般，盡情優游於夢境之海。但不是現在。

有著故事在呼喚她，一個重大的故事。偶爾她會傾聽，駐足，卻又讓嘩啦的海浪聲淹沒。

總有一天，她會知道的。

現在的她，只想趕緊游進聖的夢境，帶著琴音和花香，和他相會。

十指交握，告訴他許多許多故事。哪怕他夢醒就會遺忘。

但這許許多多的故事彙總起來，也不過就是三個字……

我，愛你。

雖然他早已經知道了。

（完）

番外篇　歿世剪影（和其他角色一點關係也沒有）

她冷靜的打穿了兩個殭尸的腦袋，以雙槍。讓她解圍的同僚張大了嘴，驚愕的差點讓第三隻殭尸得手。

誰也沒看清楚她的動作，幾乎是開槍的同時，她踢起面前的小石頭，宛如子彈般準確的打進第三隻殭尸的腦袋，讓他抽搐了幾下，就寂然不動。

沒有多餘的動作，從不浪費多餘的子彈。這個身高只有一五〇的小姑娘，初役就讓她的新同僚印象深刻。

災變後六十年，病毒零的毒性漸漸減弱，已經不再是被咬後就會絕望的疾病，原本人類只敢聚居在城市，因為疫病不再如此致命，充滿冒險精神的新移民，紛紛請領了清理後的土地，從貧民窟走出來，開拓被疫病侵蝕過的荒野。

與殭尸比鄰，和吸血鬼共舞，成了他們的新課題。

而無力管理的政府，將權力下放給鎮長，讓他們自行成立人民軍防範各種輕微程度的災害。

疫病警察就隸屬於人民軍，他們的名字好聽，事實上是匯集了各地強悍的逃犯或無處容身的不法之徒。

他們的工作極度血腥危險，卻賞賜豐厚。所有的殭尸和吸血鬼都是他們的工作範圍，就像現在的工作一樣。

那天，這位嬌小如高校女生的姑娘走進來，幾條臉上有疤、胳臂跑馬的彪形大漢轉頭看她。

「剛鎮長雇用了我。」穿著獵靴，牛仔外套和短褲的小姑娘聲音嬌嫩，將行李摔在桌上，「我叫苗黎。」

輕蔑的笑此起彼落，但這幾條大漢沒說什麼。見多了這些自以為是的小鬼，等他們看到真正的殭尸就嚇得屁滾尿流。

他們簡直是無視她的存在，直到初役，他們都忘記了笑。

戰鬥結束，警長丟了根菸給她，她俐落的接住，在燃燒著屍堆的火上點著了，漠然的呼出一口菸。

「裔？」警長終於正視她。

「這局裡有誰不是？」苗黎叼著菸蹲在地上，看起來像不良少女。「特裔。」

「天賦是什麼，說來聽聽？」第一次，警長對她友善的笑笑。但他臉上的刀疤隨之扭曲猙獰，可以嚇哭剛出娘胎的嬰兒。

實在別笑比較好。

「……我的天賦一點用處也沒有。」她伸手，霍然出現幾根尖細的爪，彎而尖，卻沒五公分長，新奇是很新奇，但完全不實用。「我槍法很準。」

當然還有其他天賦，只是實用度同樣低到破表。

警長同情的點點頭，「再多天賦也不如一顆瞄準的子彈。兄弟們要去喝一杯，妳去嗎？」

實在她比較想回家洗澡，但她在男人堆打滾很久了，知道這是個融入團體的好機會。別讓他們覺得娘、軟弱無用，他們就會忘記她是個女的，成了哥兒們、自己人。將來共事愉快很多。

她懶懶得站起來，檢查子彈，填滿，插回槍套。沉重的獵靴踩著血泊，跟在這群大漢的背後，走了好幾里的路，進入鎮上唯一的酒吧。

整個酒吧亂烘烘的。大漢們圍著吧台，各自點了烈酒，苗黎要了杯龍舌蘭，泰然自若的舔了口鹽，喝了起來。

她不是嫩皮。大漢們心裡湧起新的尊敬。身手好，菸抽得順，喝酒也不囉唆，大概也不是什麼簡單人物。

不過他們聰明的沒有追問。這蠻荒之地，每個人都有祕密的過去，而有些祕密特別致命。緘默是蠻荒的美德之一。

他們閒聊起來，酒喝多了，不免扯起關於女人的笑話。但苗黎既沒臉紅扭捏，也未曾發怒，就冷靜的聽。這讓他們更自在了。

事實上，苗黎並沒有認真在聽他們說什麼。她讓鎮長重金聘來，不是為了幾隻斜脖歪腿的爛殭尸。

病毒零引起的感染通常會成為殭尸，但有一小部分卻會成為吸血鬼。殭尸往往會引起恐慌，但吸血鬼則否。這些吸血鬼和吸血族很類似，傳染力也不高。但他們和吸血族不同的是，他們往往和生人無異，悄悄的潛伏在人類社會，伺機而動。

吸血族可以接受血漿的安排，而吸血鬼卻不願。他們野蠻冷血，從來不放獵物生還。這個鎮出現了幾具木乃伊般的屍體，犧牲者包含兩個人民軍，而且數量不斷增加。等不及紅十字會的宛如蝸步的漫長申請，鎮長才花大錢請苗黎來。

她是個優異的吸血鬼獵人，只是她的要價也被人說是吸血鬼。

啜了口龍舌蘭，她仔細觀察著酒吧的人和布置。吧台、幾張破舊的桌椅，還有二樓的圍欄可以俯瞰。很典型的夜店，甚至有個小舞台，擺著樂器。

不是假日，人不多。除了他們這群防疫警察，酒保，和剛上台的幾個樂手，就只有三桌客人。

跟他們出過任務，她知道這群防疫警察算是普普而已。她看過屍體，也檢閱過報告。她推測，不是只有一隻吸血鬼，而是一群。

並且越來越肆無忌憚。

這可不太妙。

然後她看到主唱走上來，留著一頭長髮，滿面滄桑，帶著玩世不恭的笑。皮膚黑得像是印第安人。

但他一張開嘴，就吸引住苗黎的注意力。

他嘶吼，充滿野性的爆炸力，如金屬般。

聽得出來，他已經唱了很久很久，純熟到無視技巧。很野的聲音，像是榔頭將震撼敲進人的心裡。

面對這樣的人，辭彙變得非常貧乏。所有的人都停下動作，只有他嘶吼野蠻的聲音炸開了這個沉悶的夜晚。

好得幾乎可怕的聲音，甚至抵達危險的程度。

苗黎垂下眼簾，啜了口龍舌蘭。其他人則要等到他一曲終了才能有動作。抬起眼，發現正在插詼打渾的主唱注視她，打量著。

她只是將眼珠微微轉開，就看到一個男人攙扶著一個女人往洗手間去。

食欲、血、強烈惡臭的殺氣。

「站住！」她大喝，拔出雙槍。那個男人轉頭露出獠牙，發出威嚇的嘶聲。她卻沒對那男人開槍，反而將手臂伸直，打穿了正撲向她的另一個吸血鬼。

整個酒吧轟亂起來，挾持著昏迷女人的吸血鬼怒吼，「別過來！過來我就殺了她！」並且拿那女人當盾牌。

「我可不會可惜人質的命，反正她本來就會被你殺死。」苗黎冷漠的開了保險，雙槍響起。

吸血鬼將女人一推，正好中了一槍，但另一槍像是他自己迎了上去，正中咽喉。苗黎回槍想殺掉第三個吸血鬼時，他卻衝向樂隊，意圖從後台逃逸。

她猶豫了一下。若開槍一定會打中無辜的人。

但主唱卻用飛快的速度拔起架著麥克風的支架，隱在其中的細劍迅雷不及掩耳的砍下吸血鬼的頭，又馬上歸回支架內，誰也沒看清楚。

在場的人發誓，那吸血鬼跑著，頭自己滾下來，滴溜溜的打轉。

但苗黎可看得一清二楚。

等屍體都抬了出去，騷動平靜，警長難以相信的說，「……妳殺了人質。」

苗黎眉眼不抬，啜著酒。「空包彈殺不死人的。她只是昏迷，而且不是我迷昏她的。」

他怪異的看她一眼，「……妳來我們這小地方做什麼？」

「這裡酒不錯。」她放下酒杯，「而且還有個有意思的主唱。」揮揮手，她晃到後台。

只有主唱還在，喝著酒。她剛看過班表，這個主唱叫麥克，菜市場名。

拖過一張椅子反過來跨坐，苗黎將手擱在椅背上，靜靜的看著麥克。

「別誘惑我。」麥克舉起雙手，「誘拐未成年少女違反兒福法。」

「我不是未成年少女。」苗黎偏著頭，「很了不起的功夫啊，阿北。」

「我今年才三十九歲，什麼阿北?!」他被激怒了，「如果妳說得是我床上的功夫那倒是……」

他話還沒說完，只覺風響，反射性的抄起支架阻擋，一把鋒利的藍波刀在他咽喉前閃閃發亮。

「我想，你現在了解我的意思是什麼了。」一腳還踏在椅子上，身形柔軟的執著藍波刀。不騙你，看起來還挺美的……但再美的少女差點在你咽喉戳了個大洞，再多遐思也逃個無影無蹤。

「……我了解。我他媽的了解了！可以把這把該死的刀拿遠點嗎？」這女人個子小小，怎麼蠻力這麼強?!他快擋不住了！

苗黎跨坐回椅子上，依舊把手擱在椅背，藍波刀不知道又藏哪去了。「阿北，你是哪路人馬？」

「厚德路……靠！妳真的要殺我?!妳那把該死的刀差點插進我的眼窩！」閃過這記飛刀的麥克大叫。

苗黎有些動容。這色老頭的功夫不壞，真的不壞。能在她手底挨過兩刀的人真的一隻手數得出來。

「你功夫這麼好，怎麼待在小酒館唱歌？」她開始感興趣了。

「因為我歌唱得比要劍好。最少在這裡把妹不會有生命危險……大部分的時候沒有危險。」

很有趣的阿北。她微微笑，「沒錯，你的歌聲好到可怕。」

「嘿嘿，迷上我了吧。」麥克對她眨眼，「雖然我不把未成年少女……」他的目光悄悄的溜到苗黎的胸前，「嘖嘖，現在小孩的發育真好。我可以為了這對D罩杯稍微破例……」

考慮了一下，苗黎決定因為他粗獷又充滿爆發力的歌聲饒過他。她站了起來，準備離去。

但麥克摸了她的屁股。

反射性的給了他一記直拳，也如她預料，麥克閃了過去，還帶著得逞的笑。但苗黎用不可思議的姿勢踹中他的肚子時，他就笑不出來了。

抱著肚子，他滿頭冷汗的蹲下來。「……現在的小孩都這麼暴力嗎……？教育真是太失敗了……妳怎麼不留在高中揍老師啊?!」

「我不是小孩。」苗黎頓了一下，「而且我成年很久了。」她晃了晃警徽。

「妳成年了？」麥克抬頭，「喂，女警官，給不給泡啊？我耍什麼劍的功夫都很好喔！」

苗黎驚愕的看他一會兒，詫笑著搖頭。「我對阿北沒興趣。」

「喂！我才三十九歲，什麼阿北？頂多是叔叔嘛！年齡不是距離，妳懂不懂？」

抱著肚子講這些鬼話，實在很沒說服力。苗黎想。

年齡不是距離嗎？該不該告訴他，她無用的天賦之一，就是天山童姥般的體質？

「還是不要好了。叫別人阿北還滿爽的，但別人喊我阿婆，我可能會造下殺孽。」苗黎自言自語著。

慢慢的，她踱出酒吧。沉重的獵靴鐸鐸，像是濺著月光前行。

（完）

作者的話

我想讀者充滿期待的打開《歿世錄Ⅱ》，可能會失望。這裡沒有交代太多過往的角色，甚至滿是枯燥的設定，和一對悶死人的男女主角。

但當初我想寫「歿世錄」，就不是想用單一主角貫穿，所以很可能每一部的主角都不同，主題也不太一樣。

如果說，第一部是描繪一個歿世的輪廓，第二部就是更深入的從一個官方的角度來俯瞰「病毒零」和「無」在這傷痕累累的世界，所產生的災害和影響。

我一直都很喜歡殭屍和吸血族題材的電影，在港片一片殭屍熱時，我躬逢其盛，非常著迷。但我卻一直對這種強力並且無望的感染覺得好奇，若是殭屍或吸血鬼的傳染這樣絕對而且絕望，為甚麼這個世界還存在？

唯一提出類似解答的是電影「惡靈古堡Ⅲ大滅絕」，但他的解釋卻不夠完美。

（私以為）

所以我把眼光拉回現實，翻閱了一些有關伊波拉病毒等令人聞病色變的疾病。但我發現，即使是如何可怕的疾病，依舊有人可以生還，沒有百分之百死亡率這種事情。

生物很脆弱，但也很頑強。不管是多麼惡毒的細菌或病毒入侵，生物體絕對不會坐以待斃，反而會全體動員產生抗體或是其他反應。不管反抗是多麼徒勞無功，但到死之前都會奮戰到底。

人類如此，動物、植物也是如此。我甚至相信，我們所生存的星球也是活生生的，盡力而莊嚴的存活下去，在毀滅之前都不會停止。

於是我將在現實的取材，轉化到虛擬的創作中，於是《歿世錄II》裡頭，出現了「聖女現象」，所謂的自癒。更創造了一個噬菌體代表，十三夜。

歿世，只是代表災變後的一個時期。回首歷史，在各個地區、各個年代，都出現過不同的黑暗時期。但總是會有一些人想要往好的方向而去，而有更多默然卻大眾的平民追隨他們腳步，讓歷史脫離黑暗，走向新的盛世。

總體而言，人類的歷史總是往更文明的方向走去，我從來沒有失去這種信心。

這也是我寫下「歿世錄」的主因。

當然，《歿世錄Ⅱ》的基調顯得非常灰暗，這點我就非常抱歉。畢竟充滿歡笑的作品實在不是我的專長，我真正擅長的是這種灰暗與黯淡的調性。

也因為如此，落筆之前我很猶豫。似乎我已經書寫太多黯淡了，或許十三夜不用這麼早出現？但她的出現又非常必然，困擾許久，甚至讓進度嚴重遲緩，最後我還是決定這麼寫了。

我無法考慮讀者的心情而排除黯淡。我也很討厭自己這種堅持。

不過，我的確很喜歡十三夜。或許我一向都喜歡有勇氣的女人。這個年代，勇氣是很缺貨的。

＊　＊　＊

也順便說明一下番外篇。

會寫這篇，是因為去聽band被一個主唱電到，一直想為他寫篇小說。

其實只是為了一個畫面，就是將細劍從支架裡很帥的抽出來，飛快的斬首了吸血鬼又飛快的歸鞘。

剛好我很久以前就有苗黎的雛形，我想寫個外表是美少女但內裝卻是個嚴肅男人的女子，既然有了主唱的殼，當然得替男主角（？）找個合適內裝。

基於親朋好友都會被剝皮的原則，所以某叔叔就被我塞進去填餡了。

一切都是這麼剛好而已。

當然，這篇小番外不是唯一的一篇。或許我會零零散散的沒有結構的寫這個小番外，但不要想說會跟其他角色有瓜葛，沒那回事。

因為設定中的苗黎並沒有大能，只有一點體力上的優勢。她是活在人間的特裔，但天賦無用到紅十字會不收，她的庶民個性也讓她不為機關所用。

她也不是麒麟。她自律甚嚴，也不輕易動怒。她的房間乾淨的像是醫院，喝酒抽菸是嗜好，但淺嘗則止。她喜歡音樂，但不會分重金屬和鄉村搖滾的不同。

還有，她似乎是異性戀，卻很受女人歡迎。甚至有十足十的騎士精神。

她被稱為吸血鬼獵人，但外號也是吸血鬼，因為她索費甚高。

就是一個在疫病褪去的荒野中，和庶民一起求生存的特裔。如果紅十字會是官方的、宏觀的看災變後世界的角度，那她就是民間的、微觀的角度。

其實是很想寫她，雖然應該會破破碎碎不成章節。

但她抱著卡賓槍，微斜著眼睛看待世界的模樣，卻一直在我腦海裡盤旋。

不過我真的太累，而事情還是太多。所以只能等我清完手邊的事情寫娛樂時再來寫她吧。

希望這些說明可以終止各位的臆測和不可能的希望。

我並非只寫出一個甄麒麟的作家。不要看到新角色，就猜測是不是麒麟了。

麒麟就是麒麟。她既沒有轉生成小嬰兒，也沒有隱姓埋名。謹此說明。

（對了，親愛的PAVA叔叔，我可能會拼錯你的ID，但絕對不會拿你當個跑龍套的。要也幹番大事業嘛……）

當然，可能，很有可能，她會在歿世錄中擔綱成為新的女主角，但也只是可能。要看她肯不肯放過我了。

謝謝大家看完又長又無聊的作者心語，同時讓我們期待下本再見。

歡迎來我的部落格：http://blog.pixnet.net/seba

雖然我依舊沉默如故。

蝴蝶2008/5/31

國家圖書館出版品預行編目資料

殁世錄II：十三夜 / 蝴蝶著. -- 二版. -- 新北市板橋區
：雅書堂文化, 2011.06-
冊； 公分. --(蝴蝶館；18-)
ISBN 978-986-6277-91-7(平裝)

857.7 100009899

蝴蝶館 18

殁世錄II之十三夜

作　　者／蝴　蝶
發 行 人／詹慶和
總 編 輯／蔡麗玲
執行編輯／蔡竺玲
封面設計／斐類設計
內頁排版／造極

出版者／雅書堂文化事業有限公司
郵政劃撥帳號／18225950
戶名／雅書堂文化事業有限公司
地址／新北市板橋區板新路206號3樓
電子信箱／elegant.books@msa.hinet.net
電話／(02)8952-4078
傳真／(02)8952-4084

2011年6月二版一刷　定價200元

總經銷／朝日文化事業有限公司
進退貨地址／新北市中和區橋安街15巷1號7樓
電話／（02）2249-7714　傳真／（02）2249-8715
星馬地區總代理：諾文文化事業私人有限公司
新加坡／Novum Organum Publishing House (Pte) Ltd.
20 Old Toh Tuck Road, Singapore 597655.
TEL：65-6462-6141　FAX：65-6469-4043
馬來西亞／Novum Organum Publishing House (M) Sdn. Bhd.
No. 8, Jalan 7/118B, Desa Tun Razak, 56000 Kuala Lumpur, Malaysia
TEL：603-9179-6333　FAX：603-9179-6060

廣告回信
板橋郵局登證
板橋廣字第225號
免貼郵票

□□□-□□

地址：　縣　鄉／鎮　路　段　巷　弄　號　樓
　　　　市　市／區　街

姓名：

220
台北縣板橋市板新路206號3樓
雅書堂文化事業有限公司 收
www.elegantbooks.com.tw

歿世錄II

雅書堂文化讀友資料

好名堂、有名堂、宏道、悅智

http://www.elegantbooks.com.tw

感謝您喜愛及購買本書！
您的建議就是雅書堂文化創新的原動力。
如果您願意不定期收到雅書堂提供的資訊，
請將本讀友卡填寫並寄回給我們（免貼郵票），
即可成爲雅書堂的貴賓讀者。

書名 ____________________

姓名 ____________________　性別：□男 □女

出生年月日 ____________　婚姻：□已婚 □未婚 □單身

連絡電話 ________________　e-mail：__________________

通訊地址 ____

購買書店：__________市縣__________　書店：______________

您的職業：□1.學生　□2.銷售業　□3.金融業　□4.資訊業
□5.製造業　□6.大眾傳播　□7.自由業　□8.服務業
□9.軍警　□10.公務人員　□11.教育　□12.其他

職　　務：□1.負責人　□2.高階主管　□3.中級主管
□4.一般職員　□5.專業人員　□6.其他

學　　歷：□1.國中（含以下）□2.高中、職 □3.大學、大專
□4.研究所以上

您通常以何種方式購書？
□1.逛書店　□2.劃撥郵購　□3.電話訂購　□4.傳眞訂購
□5.團體訂購　□6.銷售人員推薦　□7.網路購書　□8.其他____

您從何得知本書消息？
□1.書店　□2.報章雜誌 □3.親友介紹　□4.廣告信函
□5.廣播節目　□6.書評　□7.銷售人員推薦　□8.網路
□9.其他______

您對本書的評價：（請塡代號 1.非常滿意 2.滿意 3.尚可 4.待改進）
□書名 □內容 □封面設計 □版面編排 □文／譯筆

您希望我們爲您出版哪一類的書籍？
□1.心理成長 □2.生活品味 □3.勵志傳記 □4.經營管理
□5.潛能開發 □6.宗教哲學 □7.戲劇舞蹈 □8.民俗采風
□9.自然科學 □10.社會科學□11.休閒旅遊 □12.其他______

您會推薦本書給朋友嗎？□會 □不會 □沒意見

您對本書或本公司的建議：

蝴蝶
Seba

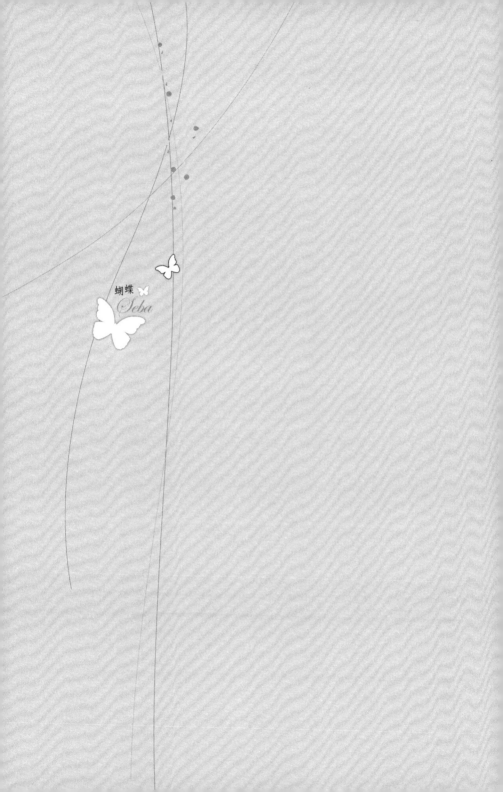

蝴蝶
Seba

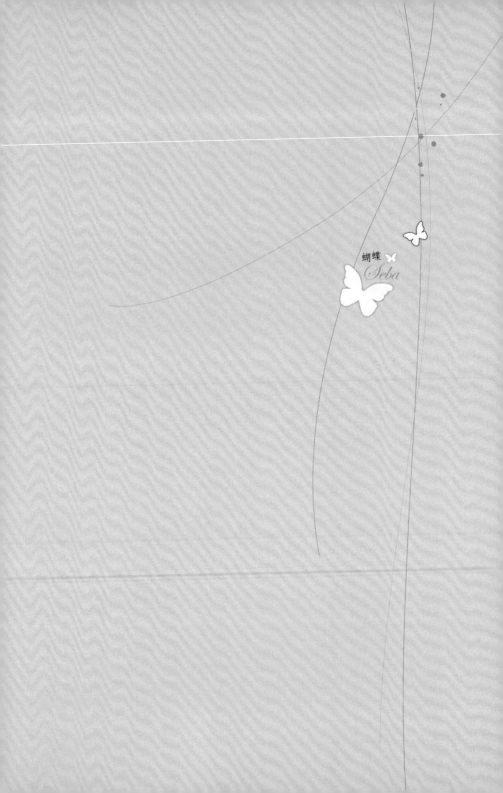

蝴蝶 Seba

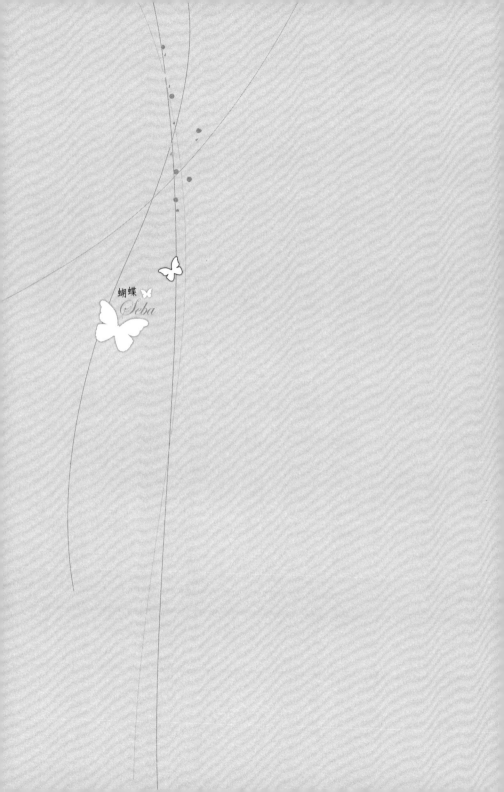

蝴蝶
Seba

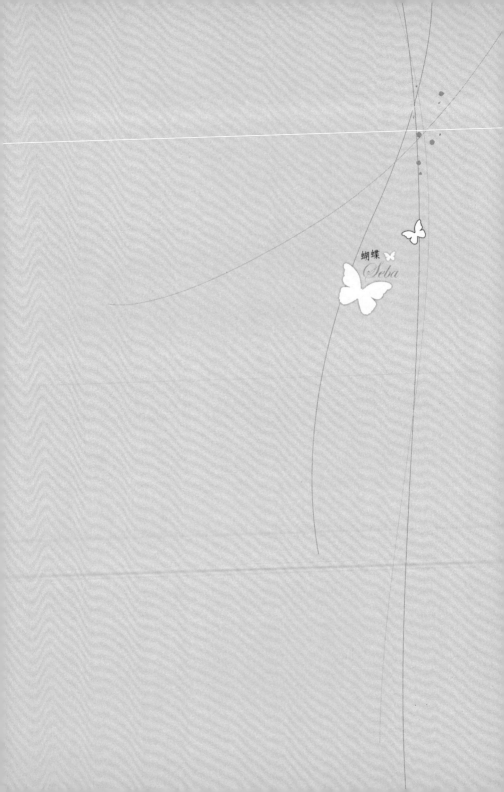